Petra Ivanov · Angst, Haas und Wellness

Petra Ivanov

ANGST, HAAS UND WELLNESS

Regio-Krimi

Appenzeller Verlag

«Angst, Haas und Wellness» entstand im Auftrag der Bad Zurzach Tourismus AG. Das Geschehen spielt an realen Orten im Flecken Bad Zurzach, die Figuren, ihre Handlungen und Charaktere sind jedoch frei erfunden.

1. Auflage, 2010
2. Auflage, 2010

Appenzeller Verlag, CH-9101 Herisau

Umschlaggestaltung: Anna Furrer
Gesetzt in Janson Text und gedruckt auf
90 g/m² FSC Mix Munken Premium Cream 17.5
Satz und Druck: Appenzeller Medienhaus AG, Herisau
ISBN: 978-3-85882-529-2

www.appenzellerverlag.ch

Für Christel

I

1.

Der Fleck hatte die Form eines Kruges. Ein dicker Tropfen hing am Schnabel, als könne er sich nicht entschliessen zu fallen. Der dunkelrote Bauch des Kruges wölbte sich nach vorne, nur am äussersten Punkt der Rundung fehlte ein Spickel. Von blossem Auge war die Aussparung kaum sichtbar. Doch Martin Angsts Auge war geschult. Mit der Taschenlampe untersuchte der Kriminaltechniker die Umrisse des Flecks, weitere Unregelmässigkeiten entdeckte er jedoch nicht.

Langsam stand er auf. Unter seinem Schutzanzug sammelte sich der Schweiss. Der Wetterbericht hatte Höchsttemperaturen von bis zu 32 Grad vorausgesagt, im Dachstock des ehemaligen Widumhofes in Bad Zurzach war es mindestens fünf Grad wärmer. Einen Moment lang bereute Martin Angst, sich Arbeitskleidung übergestreift zu haben. Die Tatortarbeit war seit einer Woche abgeschlossen, er hätte also in kurzen Hosen und T-Shirt kommen können. An Gewohnheiten hielt er jedoch gern fest. Ausserdem war nicht auszuschliessen, dass seine Aargauer Kollegen etwas übersehen hatten. Nicht aus Nachlässigkeit, sondern weil Fehler überall passieren, wo Menschen im Einsatz stehen.

Als studierter Physiker verliess sich Martin lieber auf Naturgesetze als auf Menschen. Eine Tat zu rekonstruieren, indem er Blutspuren ausmass, um anschliessend trigonometrische Berechnungen anzustellen, vermittelte ihm ein Gefühl von Sicherheit. Auftreffwinkel, Aussparungen und Konvergenzbereiche folgten Regeln, die ihm vertraut waren.

Warum jemand den Schädel einer Frau zertrümmerte, war ihm hingegen ein Rätsel.

Verena Zimmermann war 52 Jahre alt gewesen, als sie ermordet worden war. Die letzten zehn Jahre ihres Lebens hatte sie damit verbracht, ihren halbseitig gelähmten Vater zu pflegen, der im letzten Winter einer Lungenentzündung erlegen war. Sie wurde als gutmütig, hilfsbereit, sogar als aufopfernd beschrieben. Geheiratet hatte sie nie, obwohl sie sich laut Freunden eine eigene Familie gewünscht hatte.

Neben der Leiche von Verena Zimmermann hatte die Aargauer Kantonspolizei ihren drei Jahre jüngeren Bruder gefunden, eine blutverschmierte Holzplastik der Heiligen Verena in der Hand. Seinetwegen war Martin Angst hier. Denn Paul Zimmermann behauptete, nichts mit dem Tod seiner Schwester zu tun zu haben. Der Polizei gegenüber hatte er zu Protokoll gegeben, er sei von einem Unbekannten niedergeschlagen worden, als er seine Schwester besuchen wollte. Wie die Mordwaffe in seine Hand geraten war, konnte er nicht erklären. Ebenso wenig, warum er den Siegelring seines verstorbenen Vaters in der geballten Faust versteckt hatte.

Martin liess den Blick durch den Raum schweifen. Der Dachstock war vor einigen Jahren zu einem Wohnzimmer ausgebaut worden. Eine Sitzgruppe aus hellbraunem Leder war um einen Glastisch plaziert, ein antiker Schrank aus massivem Kirschbaumholz stand an der Aussenwand. Unter der Dachschräge befanden sich ein Sekretär, auf dessen Schreibfläche einige geöffnete Briefe lagen, sowie eine Kommode, die an einer Ecke Blutspuren von Paul Zimmermann aufwies. Martin ging vor der Kommode in die Hocke. Die Aargauer Kollegen waren zum Schluss gekommen, der mutmassliche Täter sei nach dem tödlichen Schlag gestolpert, mit dem Kopf gegen die Kommode geprallt und habe daraufhin das Bewusstsein verloren. Martin wäre zum selben Ergebnis gekommen, hätte er den Tatort von blossem Auge inspizieren müssen. Doch er wusste, genau wie die Aargauer Kriminaltechniker, dass die Laboruntersuchungen und vor allem die Auswertung der Blutspuren eine andere Geschichte erzählen konnten. So, wie auch Paul Zimmermann eine andere Geschichte erzählte. Gegen seine Version der Ereignisse sprach jedoch die Tatsache, dass zur Tatzeit alle Türen von innen verschlossen gewesen waren.

Deshalb war Martin Angst aufgeboten worden. Als Mitarbeiter des Wissenschaftlichen Dienstes der Stadtpolizei Zürich hatte er sich auf Schliessmechanismen spezialisiert. Es gab kaum ein Schloss, mit dem er nicht vertraut war. Seine Gutachten hatten mehr Gewicht als Zeugenaussagen, manchmal sogar mehr als scheinbar eindeutige Beweise. Dass er sich ausgerechnet jetzt für ein verlängertes Wochenende in Bad Zurzach aufhielt, hatten die Aargauer Kollegen als Wink des Schicksals betrachtet. Der Bezirksamtmann hatte einem Gutachten sofort zugestimmt.

Weit weniger begeistert über den Auftrag war Martins Freundin Vera Haas gewesen. Beim Gedanken an ihre funkelnden grünen Augen stand er rasch auf. Je schneller er die Arbeit hinter sich brachte, desto rascher konnten sie ihr Wellness-Wochenende fortsetzen, das eigentlich dazu dienen sollte, ihre Beziehung zu kitten. Bis jetzt hatte der Kurzurlaub jedoch hauptsächlich gegenseitige Vorwürfe und Nörgeleien ausgelöst.

«Eine Suite?», hatte Vera ausgestossen. «Bist du übergeschnappt? Ich will gar nicht erst wissen, was der ganze Spass kostet!»

Martin hatte entschuldigend zur Dame an der Réception des Park-Hotels geblickt und versucht, Vera beiseite zu ziehen.

«Lass mich los! Ich bin kein Hund!»

«Vera! Hör bitte auf, das ist peinlich.»

«Ich bin dir peinlich? Daran hättest du denken sollen, bevor du dich entschieden hast, unser Vermögen für eine Hotelsuite in diesem Kaff hinzublättern!»

«Kaff? Ich dachte, Bad Zurzach gefalle dir.»

«Du begreifst überhaupt nichts!» Mit einem übertriebenen Seufzer hatte Vera ihren Koffer gepackt.

Martin hatte den Meldeschein unterschrieben, den Zimmerschlüssel entgegengenommen und war ihr nachgeeilt. Bereits zweifelte er daran, dass ein paar Tage Erholung etwas zur Überwindung ihrer Krise beitragen würden. Schon die Suche nach einer passenden Destination war mühsam gewesen. Nicht, weil ihre Interessen so unterschiedlich waren, sondern weil sie sich seit Veras Affäre mit einem ehemaligen Arbeitskollegen wegen jeder Kleinigkeit stritten. Sie fanden einfach nicht mehr zusammen. Martin wollte endlich Pläne für die Zukunft schmieden. Dass Vera ihn nicht heiraten wollte, weil sie den Namen «Angst-Haas» für eine Polizistin unpassend hielt, amüsierte ihn längst nicht mehr. Er war fast vierzig. Er wollte Kinder. Und zwar so lange er noch die Energie aufbrachte, mit ihnen Velo zu fahren und Modellflugzeuge zu bauen. Vera ihrerseits schien nicht zu begreifen, warum sich Martin über ihre so genannte Affäre ärgerte. Schliesslich seien es nur einige Küsse gewesen, rechtfertigte sie sich. Als sei die Affäre deswegen bedeutungslos, dachte Martin. Nie würde er Veras Ausdruck während der anschliessenden Heimfahrt vergessen. Sie hatte aus dem Autofenster geschaut, als blicke sie durch die Gitterstäbe einer Gefängniszelle in die Freiheit.

Ein ähnlicher Ausdruck lag auch jetzt auf ihrem Gesicht. Wut stieg in Martin auf.

«Du hast Bad Zurzach vorgeschlagen!», warf er Vera vor.

«Ja, weil dir nichts besseres als Scuol oder Bad Ragaz oder Vals in den Sinn gekommen ist!»

Verständnislos sah Martin sie an.

«Du begreifst es wirklich nicht!», fuhr Vera fort.

«Dann erklär es mir.»

Mit einem übertriebenen Seufzer verschränkte Vera die Arme. «Denk nach. Wo wohnen deine Eltern?»

«Was haben meine Eltern damit zu tun?»

«In Thusis, richtig?»

«Ja, aber …»

«Ich weiss ganz genau, warum du unbedingt ins Bündnerland wolltest. Damit du jede freie Minute bei deinen Eltern verbringen kannst! Erinnerst du dich an unsere letzten Ferien? Du hast öfter mit deinem Vater gefachsimpelt, als mit mir gesprochen. Und ich durfte mir dauernd Vorwürfe anhören, weil wir immer noch keine Kinder vorzuweisen haben.»

Das war es also. Müde schloss Martin die Zimmertür auf. Er hatte geglaubt, Vera einen Wunsch zu erfüllen, als er den Kurzurlaub in Bad Zurzach organisiert hatte. Obwohl ihm Luxus nicht wichtig war, hatte er das schönste Zimmer im Park-Hotel reserviert. Dabei hatte er sich ausgemalt, wie sehr sie sich über seine Grosszügigkeit freuen würde.

Die Suite bestand aus zwei Räumen, die durch eine Schiebetür getrennt waren. Neben der Sitzgruppe im Wohnbereich stand ein Beistelltisch mit Blumen und einem Teller Früchte. Martin ging daran vorbei, direkt auf den Balkon zu. Tief einatmend trat er ins Freie. Die Parkanlage sah frisch renoviert aus. Ein Teich mit Seerosen grenzte an eine Terrasse, auf der einige Gäste Kaffee tranken. Hinter dem Bach, der in den Teich floss, befand sich ein Pavillon mit Liegestühlen. Martin hörte eine lachende Frauenstimme.

Ihr plötzliches Verstummen regte seine Phantasie an. Er stellte sich vor, wie die Frau geküsst wurde, und fragte sich, ob er Veras Lippen je wieder auf seinen spüren würde.

Vera trat neben ihn. «Es tut mir leid.»

Martin stützte sich aufs Geländer.

«Hast du Lust, das Solebad hier im Hotel auszuprobieren?», fragte sie. «Oder willst du gleich ins Thermalbad?»

Eigentlich hatte er gar keine Lust zu baden, dachte Martin. Doch damit würde er die Stimmung nicht heben. Vera bemerkte sein Zögern und schlug einen Spaziergang vor. Offensichtlich bereute sie ihren Ausbruch. Wenn sie sich doch nur beherrschen könnte, dachte Martin, wenigstens ab und zu. Manchmal hatte er das Gefühl, neben einem Vulkan zu leben. Trotzdem liebte er sie. Oder vielleicht gerade deswegen, gestand er sich ein. Ihre Energie riss ihn mit, an ihrer Seite erschien ihm die Welt bunter. Die Ideen gingen ihr nie aus, sie hatte so viele Interessen, dass gar nicht alles Platz fand in ihrem Leben. In letzter Zeit vor allem er nicht.

Eine Wolke hatte sich vor die Sonne geschoben und warf einen Schatten über den Kurpark. Mit grossen Schritten überquerten sie die Wiese. Vera wollte sich das Schloss ansehen, das ihr bei der Ankunft hinter dem Bahnhof aufgefallen war. Als sie las, dass es eine Gemäldesammlung beherbergte, klatschte sie erfreut in die Hände. Martin hatte noch nie etwas von August Deusser gehört. Kurz überlegte er, im Gartenrestaurant auf Vera zu warten, entschied sich aber dagegen. Er folgte ihr durch die hohen Räume und versuchte, den Bildern und den Jugendstildecken gebührend Beachtung zu schenken, doch Kunst interessierte ihn nur am Rande. Vera ihrerseits bemühte sich, so zu tun, als hätten sie sich nicht soeben gestritten. Ihr Lachen wirkte aufgesetzt. Als sie sich dem Ausgang näherten, atmete Martin erleichtert auf. Während Vera das Bild eines blauen Pferdes betrachtete, das über dem Empfang hing, fiel ihm eine angelehnte Tür auf. Er hoffte, dass sich dahinter keine weiteren Bilder befänden, die Vera entgangen waren. Damit sie nicht sah, dass die Tür einen Spalt breit offen stand, stellte er sich davor. Da hörte er eine leise Stimme.

«Ich sage Ihnen, ich kenne dieses Bild nicht. Wir haben hier 1700 Skizzen. Auf keiner einzigen sind zwei Pferde zusammen mit einem Hund zu sehen.»

Offensichtlich sprach der Mann am Telefon, denn einen Moment lang war es still.

«Schicken Sie mir das Foto per Mail. Aber machen Sie sich keine grossen Hoffnungen.»

Als er Schritte hörte, trat Martin rasch von der Tür zurück. Ein Mann um die fünfzig kam aus dem Raum. Er trug eine helle Leinenhose und polierte Schuhe. Seine graumelierten Haare waren nach hinten gekämmt. Als er an der Kassiererin vorbeiging, sprach sie ihn mit «Herr Brem» an. Denselben Namen las Martin eine Viertelstunde später im Schlosspark, wo er ein Stück Aprikosenwähe ass, während sich Vera eine weitere Ausstellung des Bildhauers Ulrich Steiger anschaute, dessen Werke im Park gezeigt wurden. Die Ausstellungsunterlagen, die Vera auf den Tisch gelegt hatte, führten Gustav Brem als Mitglied der Antonie Deusser-Stiftung auf.

Martin lehnte sich zurück und verschränkte die Arme hinter dem Nacken. Von weitem betrachtete er Vera, die neben einer alten Eiche mit einer Frau in ein Gespräch vertieft war. Wo immer sie hinkam, sofort lernte Vera Leute kennen. Innert kurzer Zeit entlockte sie ihnen ihre Geschichten. In dieser Beziehung, wie in so vielen anderen auch, hätten sie nicht unterschiedlicher sein können. Martin war froh, wenn er sich aufs Beobachten beschränken konnte. Auf Menschen zuzugehen, behagte ihm nicht, ausser, er hatte einen konkreten Auftrag.

«Das Schloss hat früher einem Industriellen aus der Ostschweiz gehört», erzählte Vera, nachdem sie sich an den Tisch gesetzt hatte. «Jakob Zuberbühler. Er wurde mit Stickereien und Schuhen reich. Natürlich brauchte er dann eine entsprechende Unterkunft. Also baute er sich eine Villa.»

«Wenn wir schon von Villa sprechen, hast du dir das mit dem Haus überlegt?»

Seit über einem Jahr verfolgte Martin die Entwicklung auf dem Immobilienmarkt. Überall wurde gebaut. Da er sein Erspartes nicht in Aktien investieren wollte, spielte er mit dem Gedanken, ein Haus zu kaufen. Kürzlich hatte er ein geeignetes Objekt an einer tollen Lage am Rheinufer entdeckt. Doch Vera wollte in Thalwil bleiben, wo sie eine Mietwohnung mit Seesicht bewohnten. Dass sie vom Aargau aus schneller in Bülach wäre, ihrem Arbeitsort bei der Regionalpolizei, war ihr egal.

«Zuberbühler hatte einen Sohn und vier Töchter. Als er starb, übernahm der Sohn die Firma. Doch der lebte auch nicht viel länger. Und die Töchter konnten nicht viel mit dem Unternehmen anfangen. Bald gingen sie Pleite. Und die Villa zerfiel.» Vera verschränkte die Arme mit einem vielsagenden Blick.

Martin schob seinen leeren Teller zur Seite. «Willst du damit sagen, ein Hauskauf bringe Unglück?»

«Ich kenne viele Paare, die einigermassen glücklich waren, bis sie zusammen ein Haus bauten oder kauften.»

«Das liegt kaum am Haus.»

«Nein. Eher an den Kindern, die das Haus füllten. Aber wenn du unbedingt ein Haus kaufen musst, dann mach das. Schliesslich ist es dein Geld.»

Ein Pfau, der die meisten Schwanzfedern bereits verloren hatte, stolzierte über die Wiese. Martin hatte irgendwo gelesen, dass Pfauenweibchen dreimal länger lebten als Pfauenmännchen. Kein Wunder, dachte er.

Die Frau, die 52 Jahre lang im Hause ihres Vaters im Kern von Bad Zurzach gewohnt hatte, hätte vielleicht auch ihre männlichen Verwandten überlebt, sinnierte Martin am Tatort. Wenn sie nicht erschlagen worden wäre. Dass Paul Zimmermann tatsächlich den Tod seiner Schwester zu verantworten hatte, wurde immer wahrscheinlicher. Noch hatte Martin kein Schloss gefunden, das eine andere Geschichte erzählte. Die meisten Türen waren mit Einsteckschlössern versehen, die durch Profilzylinder ergänzt worden waren. Nur im Keller fand er eine alte Holztür mit einem gewöhnlichen Riegel. Dieser war jedoch von innen vorgeschoben worden. Im Schlüsselloch steckte sogar noch der Schlüssel.

Keine Tür wies Spuren eines gewaltsamen Eindringens auf. Martin untersuchte notdürftig die Schlüsselkanäle; um aber die inneren Oberflächen und Einzelteile zu inspizieren, müsste er die Zylinder demontieren und die Zylinderkerne und Gehäuse auftrennen. Bevor er dazu überging, wollte er persönlich mit dem Sachbearbeiter sprechen, der für den Fall verantwortlich war. Vielleicht hatte noch niemand überprüft, ob sich weitere Hausschlüssel im Besitz von Drittpersonen befanden. Manchmal ging gerade das Nächstliegende vergessen.

Vom Bezirksamtmann hatte Martin Adresse und Handynummer von Kay Gysin erhalten, falls er mit dem Kriminalpolizisten Kontakt aufnehmen müsste. Da er den Hausschlüssel der Zimmermanns von seinen Kollegen bei der Kriminaltechnik erhalten hatte, hatte Martin Gysin noch nicht persönlich kennengelernt. Er hoffte, dass dieser Verständnis für seine Arbeitsweise zeigte. Manche Sachbearbeiter erhofften sich rasche Antworten ohne vorgängige gründliche Untersuchungen.

Während er die Nummer wählte, fächerte sich Martin Luft zu. Fenster wollte er keine öffnen, um die Räume möglichst so zu belassen, wie man sie beim Auffinden der Leiche vorgefunden hatte. Nicht nur die Hitze machte ihm zu schaffen; auch der Leichengeruch, der immer noch in der Luft hing, verursachte ihm langsam Übelkeit. Er war nicht empfindlich, doch hatte auch er seine Grenzen.

Als sich eine Frauenstimme meldete, vergass Martin einen Moment lang, warum er angerufen hatte.

«Ich suche Herrn Gysin», sagte er schliesslich. «Kay Gysin.»

«Sie sprechen mit ihr», antwortete die Frau.

«Kay Gysin? Sind Sie für den Fall Zimmermann zuständig?»

«Richtig. Mit wem spreche ich, bitte?»

Martin stellte sich vor. Gleichzeitig versuchte er, sich zu erinnern, was der Bezirksamtmann über Kay Gysin erzählt hatte. Warum war er davon ausgegangen, Kay sei ein Mann?

«… schlage vor, wir treffen uns in einer halben Stunde. Können Sie noch so lange warten?», fragte Kay Gysin.

«Entschuldigen Sie, ich habe den Anfang verpasst. Wo? In Baden?»

«Nein, hier im Flecken. Ich bin bereits unterwegs.»

«Flecken?», wiederholte Martin.

«Bad Zurzach», erklärte Kay Gysin ungeduldig.

Erst jetzt fiel Martin wieder ein, dass ein Dorf mit städtischem Charakter als Flecken bezeichnet wurde. «Natürlich», sagte er. «Ich warte hier auf…»

Kay Gysin hatte bereits aufgelegt.

«Es gibt nur zwei Schlüssel zur Liegenschaft», sagte Kay Gysin. «Einer hing an Verena Zimmermanns Schlüsselbund, den anderen haben wir bei ihren Wertsachen gefunden. Er gehörte ihrem Vater. Johann Zimmermann ist vor einem halben Jahr gestorben.»

Martin war immer noch verblüfft darüber, dass Kay Gysin eine Frau war. Eine aussergewöhnliche Frau. Als sie die Treppe zum Estrich hochgestiegen war, hatte er oben auf sie gewartet. Mit seinen 1.89 m war er es gewohnt, auf andere hinunterzuschauen. Mit jeder Stufe, die Kay Gysin erklommen hatte, war sie seiner Augenhöhe näher gekommen. Als sie vor ihm stand, stellte er fest, dass sie kaum kleiner war als er. Ihre hellen, glatten Haare erinnerten ihn an Flachs. Sie reichten ihr fast bis zur Taille, ohne sie kindlich wirken zu lassen. Die Polizistin strahlte eine natürliche Autorität aus, die nichts mit ihrer Grösse zu tun hatte und die Martin selten an Frauen erlebte. Als er ihre schlanken Beine betrachtete, verspürte er plötzlich das Bedürfnis zu duschen. Unter seinem Schutzanzug war sein T-Shirt inzwischen klatschnass.

Kay Gysin war verstummt und musterte ihn erwartungsvoll.

«Entschuldigen Sie, was haben Sie gesagt?»

Als die Polizistin weiterhin schwieg, ohne den Blick von ihm abzuwenden, verlagerte Martin das Gewicht von einem Fuss auf den anderen. «Die Hitze», erklärte er. «Ich habe Mühe, mich zu konzentrieren.»

«Üblicherweise duzt man sich unter Kollegen. Ich bin Kay.»

Sie sprach den Namen deutsch aus, nicht englisch, wie Martin vermutet hatte, als er ihn gelesen hatte.

«Freut mich … Kay. Martin», fügte er hinzu, als sie ihn immer noch stumm musterte.

«Ich habe dich gefragt, ob du das Protokoll von Paul Zimmermanns Befragung gelesen hast.»

«Nein, nur den Bericht der Kriminaltechnik.»

«Ich wollte von Paul Zimmermann wissen, wie viele Schlüssel im Umlauf seien. Obwohl die Aussage ihn belastet, behauptet er, nur seine Schwester und sein Vater hätten einen Schlüssel zum Haus gehabt. Die Existenz eines dritten Schlüssels streitet er ab.»

«Warum hat er den Schlüssel seines verstorbenen Vaters nicht an sich genommen?»

«Anscheinend wollte ihn Verena Zimmermann nicht herausgeben.» Gysin fuhr sich mit ihren langen Fingern durchs Haar. «Die beiden kamen nicht besonders gut miteinander aus. Interessieren dich die Hintergründe?»

Obwohl Martin wusste, dass Vera auf ihn wartete, nickte er.

«Ich werde dir die Unterlagen auf dem Posten der Kantonspolizei hinterlegen. Du kannst sie dort durchsehen. Heute abend brauche ich sie wieder, ich habe vor, übers Wochenende noch einmal alles durchzulesen.»

Die Enttäuschung, die in ihm aufwallte, traf Martin unerwartet. Was hatte er geglaubt? Dass Kay sich mit ihm in ein Café setzen und die ganze Geschichte selbst erzählen würde? Sie erkundigte sich, ob er sonst noch etwas für seine Arbeit brauche. Er verneinte. Als er sie darauf aufmerksam machte, dass er die Schlösser nicht untersuchen könne, ohne sie zu zerstören, nickte sie.

«Damit habe ich gerechnet. Ich habe die Kollegen in Bad Zurzach gebeten, dir ein Zimmer zur Verfügung zu stellen. Ich nehme an, du wirst einen Arbeitsplatz brauchen.»

«Danke, aber ich arbeite lieber hier.»

«Wie du meinst. Wenn du mich brauchst: Du hast meine Handynummer.»

«Bist du nicht in Bad Zurzach stationiert?»

«Nein, in Baden. Aber ich werde dieses Wochenende im Flecken sein.» Sie machte einen Schritt auf die Tür zu.

«Noch eine Frage», hielt Martin sie zurück.

Nein, viele, korrigierte er sich in Gedanken. Warum schwitzte sie nicht? Warum atmete sie die stickige Luft ein, ohne dabei das Gesicht zu verziehen? Warum gab sie ihm das Gefühl, zehn Zentimeter kleiner zu sein, als er in Wirklichkeit war?

«Ja?», antwortete sie.

«Glaubst du, Paul Zimmermann sagt die Wahrheit?»

Zum erstenmal erschien ein angedeutetes Lächeln auf ihrem Gesicht. «Zuerst möchte ich deine Meinung über die Schliesssysteme hören. Bitte ruf mich an, sobald du fertig bist.»

Ohne ein weiteres Wort verliess sie den Tatort.

Nach dem Besuch der Deusser-Ausstellung hatte Vera vorgeschlagen, sich im Tourismusbüro mit Informationen über Bad Zurzach einzudecken. Offenbar fand sie die Vorstellung, vier Tage im Flecken zu verbringen, nicht mehr erschreckend, hatte Martin gedacht. Als Vera jedoch über ein Dutzend Prospekte einsteckte, fragte er sich, wann sie sich Zeit für ihre Beziehung nehmen würden.

«Hast du gewusst, dass Bad Zurzach schon über 2000 Jahre alt ist?», bemerkte sie, sich an einem Tisch im Gartenrestaurant hinter dem Tourismusbüro niederlassend. «Als römische Soldaten hier durchzogen, gründeten sie einen militärischen Vorposten. Tenedo hiess der Ort damals.» Sie zeigte auf eine Broschüre. «Im Bezirksmuseum ‹Höfli› kann man ein Modell des Lagers anschauen. Hast du Lust? Das ‹Höfli› ist gleich nebenan. Anscheinend sind noch Überreste von Mauern vorhanden, sogar einer alten

Kirche. Schau, hier unten, beim Rhein, wo ‹Kastell Chilebückli› steht.» Sie schob ihm eine Karte hin und nahm eine neue Broschüre in die Hand. «Wir könnten auch dem Rhein entlang spazieren, wenn du keine Lust hast zu baden.» Ohne Pause fuhr sie fort. «Nach dem Abzug der Römer wurde Zurzach zu einem wichtigen Markt-, beziehungsweise Messeort. Märkte hiessen damals Messen. Das war aber viel später, steht hier. Deshalb sind die Gassen übrigens so breit. Ausserdem haben viele Häuser Hinterhöfe. Früher haben die Händler ihre Wagen und Pferde hineingeführt und in den Zimmern über den Ställen übernachtet. Die Häuser haben witzige Namen! ‹Affenkasten›, ‹Mohrenkopf›, ‹Zum Blauen Himmel› …»

Martin blendete ihre Stimme aus. Ihm war klar, warum sich Vera auf die Geschichte Bad Zurzachs stürzte. Sie sah die Vergangenheit klarer als die Zukunft, auch wenn es nur die Vergangenheit dieses Fleckens war. Acht Jahre waren sie bereits zusammen. Während der ersten Zeit hatten sich ihre Wünsche und Vorstellungen gedeckt. Wann genau Vera und er begonnen hatten, verschiedene Wege zu gehen, konnte er nicht mehr mit Bestimmtheit sagen. Genau so wenig, wohin diese Wege führten. Nicht ans gleiche Ziel, dachte er, ausser, es gelänge ihnen bald, sich über das Ziel zu einigen.

«… oder den Kunstweg?», fragte Vera.

«Was ist das?», fragte Martin resigniert.

«Überall in Bad Zurzach gibt es Kunstwerke: im Kurpark, in der Probstei, im Gemeindehaus, sogar im Thermalbad und in der Rehaklinik. In der Oberen Kirche befindet sich zum Beispiel eine Ausstellung von Pieter van de Cuylen. Der Kunstweg führt an all diesen Werken vorbei. Oder wir könnten das Verenamünster besichtigen. Es soll wunderschön sein.»

Die Entscheidung wurde Martin abgenommen: Bevor er Vera antworten konnte, klingelte sein Handy. Als sein Vorgesetzter ihn bat, sich einige Stunden Zeit zu nehmen, um die Schliesssysteme eines Tatorts zu untersuchen, seufzte Martin erleichtert auf. Sein Vorgesetzter verstand den Seufzer falsch und erklärte, wenn er nicht gewusst hätte, dass sich Martin sowieso in Bad Zurzach aufhalte, hätte er nicht angerufen.

Vera liess sich nicht von Martins Versprechen besänftigen, er sei in wenigen Stunden zurück. Fassungslos starrte sie ihn an, als er sich auf den Weg machte. Nicht zu unrecht, dachte Martin mit schlechtem Gewissen. Doch er brauchte einige Stunden für sich.

«Ich werde mir nur ein Bild der Schlösser machen», rechtfertigte er sich. «Entweder ist der Fall gleich klar, oder aber ich muss die einzelnen Bestandteile in Zürich untersuchen. Das nötige Material habe ich sowieso nicht dabei.» Als Vera nach Luft schnappte, fügte er rasch hinzu: «Nächste Woche, natürlich.»

2.

Paul Zimmermann war sechs Jahre alt gewesen, als seine Mutter im Rhein ertrunken war, las Martin im Protokoll. Eine Windböe hatte ihren Strohhut weggeblasen und ins Wasser getragen. Beim Versuch, ihn herauszufischen, war sie von der Strömung mitgerissen worden. Zwei Stunden hatte Paul am Ufer gesessen und auf sie gewartet. Als ihn eine Spaziergängerin fand, erklärte er, seine Mutter sei baden gegangen.

Von diesem Tag an übernahm die 9jährige Verena die Verantwortung für ihren jüngeren Bruder. Sie tröstete ihn, wenn ihn Albträume heimsuchten, schnitzte ihm lachende Gesichter in seinen Znüniapfel und las ihm aus ihren Büchern vor. Johann Zimmermann, der lange Zeit nicht über den Tod seiner Frau hinwegkam, stürzte sich in seine Arbeit. Als Arzt versuchte er, andere zu heilen, während seine eigene Gesundheit immer mehr unter seiner Trauer litt. In der Freizeit widmete er sich dem Aufbau des Bade- und Kurortes Zurzach. Wasser hatte für seine verstorbene Frau eine besondere Bedeutung gehabt. Zu Lebzeiten hatte sie daraus Energie geschöpft, schliesslich hatte es ihr aber auch den Tod gebracht. Indem Johann Zimmermann sich in der Gemeinnützigen Stiftung für Zurzacher Kuranlagen engagierte, glaubte er, im Sinne seiner Frau zu handeln.

Martin legte den Bericht beiseite und nahm einen Schluck Kaffee. Er versuchte, sich das Leben der beiden Kinder vorzustellen. Tagsüber wurden sie von einer entfernten Cousine betreut, am Abend von einem Vater, der körperlich zwar anwesend war, ihnen aber weder Halt noch Geborgenheit schenken konnte. Paul hatte bei seiner Schwester Trost gesucht. Doch wer war für Verena da gewesen?

Diese Frage hatte auch Kay Gysin gestellt. Als Martin weiter las, erfuhr er, dass sich Verena Zimmermann immer stärker zur Kirche hingezogen gefühlt hatte. Bereits als 11-Jährige besuchte sie regelmässig die Messe, später war sie in der Jugendgruppe aktiv. Dass sie nach der Heiligen Verena benannt worden war, fasste sie als Zeichen auf. So, wie sich Johann Zimmermann für den Aufbau des Bade- und Kurorts engagiert hatte, setzte sich Verena für das Wiederaufleben der Wallfahrtstradition ein.

Paul hingegen hegte die gleichen Träume wie sein Vater. Obwohl er seit dem Tod seiner Mutter nie mehr freiwillig ins Wasser gegangen war, galt sein ganzes Interesse dem aufstrebenden Badeort. Als Kind hatte er mitgefeiert, als das Thermalbad 1970 eröffnet worden war. Dass anschliessend fast eine Million Badegäste pro Jahr nach Zurzach reiste, war in seinen Augen einzig der Verdienst seines Vaters.

Auch nach seinem Architekturstudium engagierte sich Paul Zimmermann hauptsächlich in Zurzach, oder Bad Zurzach, wie der Flecken seit 2006 offiziell heisst. Er arbeitete am Ausbau der Rehaklinik mit und gestaltete den Kurparkpavillon. Als Mitglied des Verwaltungsrates der Thermalbad AG war er massgeblich am Bau des neuen Spa Medical Wellness Centers beteiligt, wo seine geschiedene Frau Gabriela als Masseurin beschäftigt war. Kinder hatte er keine, genausowenig wie seine Schwester Verena.

Warum es zum Streit zwischen den Geschwistern gekommen war, konnte Martin nicht nachvollziehen. Paul Zimmermann war zwar ausführlich darüber befragt worden, seine Antworten erschienen Martin aber ausweichend. Offenbar hatte Verena Zimmermann ihrem Bruder vorgeworfen, sich ausschliesslich für den Bäderbezirk zu engagieren. Ihrer Meinung nach tat er zu wenig für die Einwohner Bad Zurzachs. Was sie konkret erwartet hatte, wurde Martin aus dem Protokoll nicht klar. Er las, dass sie sich gegen einen Golfplatz gewehrt hatte, den ihr Bruder zusammen mit weiteren Persönlichkeiten realisieren wollte. Zudem behauptete Paul Zimmermann, seine Schwester sei der Meinung gewesen, ihr stehe mehr als die Hälfte des Erbes zu, weil sie dreissig Jahre lang den Haushalt ihres Vaters geführt und ihn am Schluss sogar noch gepflegt habe. Vermutlich habe sie das Erbe in die St. Verena Stiftung stecken wollen. Martin ahnte, dass der Streit in der Verantwortung wurzelte, die Verena für ihren Bruder und später auch für ihren Vater getragen hatte.

Gähnend streckte er sich und schob seinen Stuhl zurück. Sein Magen knurrte. Ein Blick auf die Uhr zeigte ihm, dass es schon fast sechs war. Um sieben wollte Martin Vera im Panorama-Restaurant des Turmhotels treffen. Als er sie angerufen und erklärt hatte, dass seine Untersuchung einige Stunden länger dauern würde, hatte sie ungewöhnlich ruhig reagiert. Umso mehr fürchtete er, was nun auf ihn zukommen würde. Er klappte den Ordner zu, der alle Gesprächsprotokolle des Falls enthielt, und holte sein Handy hervor. Kay Gysin nahm nach dem zweiten Klingeln ab.

Sie kam sofort zur Sache. «Und? Hast du dir eine Meinung bilden können?»

Martin zögerte. «Bis jetzt habe ich keine Spuren gefunden, die darauf hinweisen, dass ein Fremdkörper in einen der Schlüsselkanäle eingeführt worden ist.»

«Also wurde keines der Schlösser aufgebrochen?», fragte sie. «Das würde heissen, Paul Zimmermann war alleine mit seiner Schwester im Haus, als sie starb.»

«Was weisst du über die Untersuchung von Schlössern?»

«Wenig. Erklär mir, was ich wissen muss.»

«Es gibt verschiedene Methoden, ein Schloss ohne Schlüssel zu öffnen», begann Martin. «So genanntes Picking oder Raking mit handgeführtem Tastbesteck, verschiedene Abtast- oder Impressionsverfahren, dann kann ein Schloss aber auch mit mechanischen oder elektromechanischen Werkzeugen wie beispielsweise Sperrpistole und Elektro-Pick oder durch Schlagtechniken geöffnet werden. Man nennt all diese Methoden ‹spurenlos› oder ‹zerstörungsfrei›, weil die Schliesszylinder nicht beschädigt werden. Immer muss ein Fremdkörper in den Schlüsselkanal eingeführt werden. Meist wird dazu ein Werkzeug aus Stahl benützt.»

«Wegen der Härte?», fragte Kay Gysin.

«Genau. Stahl ist härter als die Materialien, die üblicherweise für Schliesszylinder verwendet werden.»

«Und deshalb hinterlassen die Werkzeuge Spuren.»

«Wir nennen sie Aufsperrspuren. Es handelt sich meistens um Materialquetschungen und Verformungen, zum Beispiel Scharten oder Eindrücke. Diese Aufsperrspuren unterscheiden sich von gewöhnlichen Gebrauchsspuren. Kannst du mir folgen?»

«Natürlich. Ich nehme an, der Verlauf, die Form oder die Tiefe von Aufsperrspuren sind anders als von Spuren, die der tägliche Gebrauch eines Schlüssels an einem Schloss hinterlässt.»

Martin war beeindruckt. «Richtig. Oder aber die Spuren befinden sich in Bereichen, die nicht von einem passenden Schlüssel berührt würden. Das ist aber alles Theorie. In der Praxis ist es oft sehr schwierig, Aufsperrspuren von gewöhnlichen Spuren zu unterscheiden. Es beginnt schon damit, dass bei der Herstellung von Schliesszylindern Spuren an den Funktionsteilen entstehen. Viele kenne ich aus jahrelanger Erfahrung. Bin ich aber unsicher, so vergleiche ich das Untersuchungsobjekt immer zuerst mit einem ungebrauchten Schliesszylinder.»

«Lass mich raten: In diesem Fall bist du unsicher.»

«Ja. Der Schliesszylinder an der Haustür weist Spuren auf, bei denen ich nicht mit Sicherheit ausschliessen kann, dass es sich um Aufsperrspuren handelt. Aber die gute Nachricht ist, dass ich im Büro ein Modell dieses Zylinders habe. Ein Kurier ist bereits damit unterwegs. Morgen früh werde ich weitermachen.»

Martin hörte, wie Kay Gysin Luft holte. Einen Moment befürchtete er, sie würde ihn bitten, die Zylinder heute abend noch zu vergleichen, doch sie sagte nichts. Erleichtert verabschiedete er sich. Er lehnte sich zurück und fuhr sich durchs Haar. Während des Gesprächs war ihm bewusst geworden, wie gross die Verantwortung war, die auf ihm lastete. Meistens wurde er bei Einbrüchen aufgeboten. Diesmal aber würde sein Gutachten möglicherweise darüber entscheiden, ob Paul Zimmermann wegen Mordes oder Totschlags angeklagt wurde. Was, wenn Martin etwas übersah? Keine zwei Spuren waren gleich. Obwohl er Experte auf dem Gebiet war, machte auch er Fehler.

Zum drittenmal schlug Martin den Bericht der Kriminaltechnik auf. Alle Spuren deuteten auf Paul Zimmermann als Täter hin. Dass ein Fenster aufgebrochen worden war, schlossen die Kollegen aus. Auf der Tatwaffe befand sich keine fremde DNA. Die relevanten Fingerabdrücke im Haus konnten Familienmitgliedern und Besuchern zugeordnet werden. Eine Frage war damit jedoch nicht beantwortet: Warum hätte Paul Zimmermann hinter sich abschliessen sollen? Martin richtete den Blick zur Decke und stellte sich vor, wie er seine Eltern besuchte: Auf sein Klingeln hin öffnete seine Mutter die Tür. Sie umarmte ihn, bat ihn herein, stiess die Tür zu. Ohne abzuschliessen. Martin folgte ihr ins Wohnzimmer. Ebenfalls ohne abzuschliessen.

Hatte sich Verena Zimmermann vor Einbrechern gefürchtet? Schloss sie immer ab? Würde sie sogar hinter ihrem Bruder abschliessen, wenn dieser zu Besuch kam? Martin konnte sich nicht erinnern, etwas über ihre Schliessgewohnheiten gelesen zu haben. Kurz entschlossen griff er nochmals zum Handy. Auch diesmal nahm Kay Gysin sofort ab.

«Ich weiss es nicht», sagte sie schlicht, nachdem Martin ihr seine Zweifel geschildert hatte. «Bis jetzt konnte mir niemand sagen, ob Verena Zimmermann ihre Haustür tagsüber abschloss.»

«Auch Paul Zimmermann nicht?»
«Nein. Er habe nie darauf geachtet, sagt er.»
«War sie ein ängstlicher Mensch gewesen?»
«Sie war gläubig.»
Martin überlegte, ob seine Frage damit beantwortet war. Er selbst glaubte weder an Gott noch an andere übernatürliche Kräfte. Dafür zweifelte er keinen Augenblick daran, dass ein Mensch zu allem fähig war. Schliesslich hatte er mehr gesehen, als er je für möglich gehalten hätte. Kam er nach Hause, so schloss er immer ab.
«Schliesst du deine Haustür ab?», fragte er zu seiner eigenen Überraschung.
«Doppelt», antwortete Kay Gysin postwendend.

Das Panorama-Restaurant befand sich zuoberst im Turmhotel. Von seinem Fensterplatz aus sah Martin über den Rhein bis zum Schwarzwald. Die Abendsonne verwandelte den Fluss in eine schimmernde Schlange. Wäre die Stimmung nicht so angespannt gewesen, hätte er sich ganz der Aussicht hingeben können. Vera hatte jedoch kaum ein Wort gesprochen, seit er gekommen war. Sie musterte die bemalten Wände, als hätte sie noch nie Abbildungen von römischen Bädern gesehen.
«Die Spezialität des Hauses ist der Turm-Flambi-Spiess», las Martin. «Hast du Lust auf Fleisch? Es wird direkt am Tisch flambiert.»
«Von mir aus.»
Nachdem sie ihre Bestellungen aufgegeben hatten, studierte Vera weiterhin die Wand, während Martin das Open-Air-Kino im Kurpark betrachtete. Schliesslich brach Vera das Schweigen.
«Du könntest dich wenigstens entschuldigen.»
«Es tut mir wirklich leid.»

«So wird unsere Beziehung auch nicht besser.»

«Ich habe gesagt, dass es mir leid tut!»

«Ich weiss, dass dich Ausstellungen langweilen. Aber wenn du nie sagst, was du willst, musst du dich nicht über das Programm beschweren.» Sie presste die Lippen zusammen.

Martin starrte auf die Kerze zwischen ihnen. Statt der flackernden gelben Flamme sah er plötzlich Kay Gysins Haar. Ob sie es zu einem Zopf flocht, wenn sie sich schlafen legte? Oder liess sie es offen? Er malte sich aus, wie sie in einem Meer seidener Fäden lag. Eine Wärme breitete sich in ihm aus, die nichts mit der Kerze zu tun hatte.

Vera griff nach seiner Hand. Es kostete sie sichtbar Überwindung. Mit der freien Hand schob sie sich eine kinnlange, braune Haarsträhne aus dem Gesicht. Sie sass so gerade auf ihrem Stuhl, dass Martin das Gefühl hatte, sie würde gleich wie eine Leuchtrakete in die Höhe fliegen. Diese Energie war es, die ihn vom ersten Tag an angezogen hatte. Er dachte an den Tag vor acht Jahren zurück, an dem er Vera kennengelernt hatte. Sie hatte einen Einsatz an einer 1. Mai-Demonstration geleistet. Damals war sie noch bei der Sicherheitspolizei gewesen. Unter dem Helm hatte er nur ihre Augen gesehen. Ihr Blick allein hätte gereicht, um die Demonstranten in Schach zu halten. Er drückte ihre Hand.

Sie lächelte schwach. «Magst du erzählen? Du hast am Telefon einen Todesfall erwähnt.»

Martin schilderte die Umstände von Verena Zimmermanns Tod. Sofort vergass Vera ihren Ärger. Seit der Polizeischule träumte sie von einer Karriere beim Dienst Kapitalverbrechen. Durch Martin nahm sie wenigstens indirekt an Mordermittlungen teil. Als er begann, Verena Zimmermanns Leben zu schildern, unterbrach ihn Vera.

«Sie hat sich für die St. Verena Stiftung eingesetzt? Heute nachmittag war ich im Verenamünster.»

«Wer ist diese Heilige Verena eigentlich?»

Sie erzählte, dass Verena aus Theben stamme und Christin gewesen sei. Um die Tempel von Luxor und Karnak hatte das Christentum damals bereits Fuss gefasst. Mit der thebäischen Legion sei Verena nach Europa gereist, zuerst ins Wallis; später sei sie allein nach Solothurn weitergezogen, wo sie sich bei einem Heiligen niedergelassen habe. Dort soll sie die Tage mit Fasten, Beten und Singen verbracht haben, bis sie nach Zurzach gelangt sei.

«Das ist nur eine Version», sagte Vera. «Es gibt verschiedene. Manche glauben, dass Verena wirklich existierte, für andere ist sie nur ein Mythos. Jedenfalls soll sie eine sogenannte ‹gottgeweihte Jungfrau› gewesen sein. In Zurzach hat sie sich anscheinend zwei Jahrzehnte lang um Arme und Kranke gekümmert. Als sie 344 starb, wurde sie ausserhalb der Mauern der römischen Siedlung begraben, wie es damals üblich war. Über ihrem Grab entstand eine Kirche. Als immer mehr Pilger kamen, wurde das Verenamünster gebaut. Bald war Zurzach ein richtiges Wallfahrtszentrum. Man verehrte Verena als Verkörperung der Nächstenliebe.» Vera lehnte sich vor. «Ist dir aufgefallen, dass sie immer einen Krug und einen Kamm trägt?», fragte sie.

Martin konnte sich an kein einziges Abbild der Heiligen Verena erinnern. Er schüttelte den Kopf.

«Der Kamm gilt als etwas Reinigendes», erklärte Vera, «und der Krug ist ein Symbol für Heilbringendes. Ich weiss nicht, ob vielleicht sogar das Wasser gemeint ist. Allerdings wurde die Quelle erst viel später entdeckt, die Römer haben hier nicht gebadet.»

Sie erzählte weiter, wie der Strom von Wallfahrern beherbergt und versorgt werden musste. Es entstanden Gasthöfe, und da Zurzach an einer Wasserstrasse lag, folgten bald die Händler. Schon früh erhielt Zurzach das Marktrecht. Bald waren die Zurzacher Messen die bedeutendsten zwischen Mailand und Nürnberg.

«Es sieht fast so aus, als habe die Heilige Verena der Ermordeten als Vorbild gedient», sagte Martin. «Verena Zimmermann hat sich nicht nur in der St. Verena Stiftung engagiert, sie hat auch ihren kranken Vater gepflegt.»

«Als ich im Münster war, hat jemand eine Kerze angezündet. Er hat geweint.»

«Ein Mann?»

Vera nickte. «Ganz diskret. Ich habe nur gesehen, wie er sich mit dem Handrücken über die Augen fuhr. Er war um die fünfzig. Hast du nicht gesagt, das Opfer sei 52 Jahre alt gewesen?»

«Ich glaube nicht, dass der Mörder eine Kerze für sein Opfer anzünden würde», wandte Martin ein. «Ausserdem deutet alles darauf hin, dass ihr Bruder die Tat begangen hat.»

«Trotzdem. Ich wüsste gerne, wer der Mann ist.»

«Es gibt viele Menschen, die um jemanden trauern.»

«Wenn wir ihn fänden, könnten wir ihn fragen.»

Martin schüttelte den Kopf. «Ich bin hinzugezogen worden, um die Schlösser zu untersuchen, nicht, um mich in die Ermittlungen einzumischen. Ausserdem finde ich es pietätlos, einen Trauernden auszuhorchen, nur um die eigene Neugier zu stillen.»

Doch Veras Augen glänzten schon. Offenbar kam ihr die Ablenkung gelegen. Genau wie ihm, gestand sich Martin ein. Warum sonst hatte er der Untersuchung der Schlösser so rasch zugestimmt? Sowohl er als auch Vera taten alles, um dem Unausweichlichen auszuweichen: Sie wollten der Tatsache nicht ins Auge sehen, dass sie zu wenig verband, um mehrere freie Tage zusammen zu verbringen. Zu Hause unternahmen sie ab und zu Velotouren oder Wanderungen. Da beide unregelmässig arbeiteten, hatten sie aber selten gleichzeitig frei. So beschränkten sich die Ausflüge oft auf einen Nachmittag oder einen einzelnen Sonntag im Monat. Bis jetzt hatte Martin geglaubt, dass nur ihre Zukunftsvorstellungen auseinanderklafften. Doch anscheinend lagen ihre Probleme tiefer. Warum hatte er es nie gesehen? Ein Anflug von Traurigkeit überkam ihn. Liebe hatte wenig mit der Frage zu tun, ob zwei Menschen kompatibel waren. Auch wenn er sich in letzter Zeit oft über Vera geärgert hatte, so spürte er doch eine tiefe Verbundenheit mit ihr. Doch das allein genügte nicht, um die Beziehung aufrechtzuerhalten.

«Wer sagt hier etwas von einmischen?», spann Vera ihren Gedanken weiter. «Ich bin nur eine interessierte Touristin.»

Martin lächelte. «Wohin das führen kann, habe ich schon mehrmals erlebt. Am Schluss landest du wieder mit einer Gehirnerschütterung in irgendeinem Keller oder stürzt dich in den nächsten Fluss, um jemanden herauszufischen.» Er sprach damit die Ermittlungen in Thusis und in Lichtensteig an, in die sich Vera eingemischt hatte.

«Keine Sorge, diesmal passe ich besser auf.»

«Nein, diesmal werden wir uns heraushalten. Ich muss morgen früh nur noch den Zylinder der Haustür mit dem Modell aus meinem Büro vergleichen, dann bin ich fertig. Das Gutachten schreibe ich nächste Woche.» Er strich Vera über die Wange. «Du hast gefragt, was ich will. Das kann ich dir sagen. Ich möchte ins Hotel zurück.»

Ein Grinsen breitete sich auf Veras Gesicht aus. «Und dann?»

Martin lehnte sich vor. «Das erkläre ich dir, wenn wir alleine sind.»

3.

«Jedesmal, wenn ein Schlüssel in einen sechsstiftigen Zylinder eingeführt wird, gleiten sechs Schlüsselkerben über den ersten Kernstift. Aber nur eine Schlüsselkerbe berührt den sechsten Kernstift. Manchmal weisen die Verschleisserscheinungen trotzdem keine grossen Unterschiede auf. Zum Beispiel in diesem Fall.» Martin schaute auf. «Das ist nichts Aussergewöhnliches. Es sagt mehr über die Oberflächenrauigkeit des Schlüssels aus als über den Zylinder selbst. Und das wiederum ist wichtig, weil ich daraus andere Rückschlüsse ziehen kann.»

«Helfen diese Rückschlüsse, meine Frage zu beantworten? Könnte sich ein Dritter Zugang zum Haus verschafft haben?», fragte Kay Gysin.

«So weit bin ich noch nicht. Es kommen Umwelteinflüsse wie Luftfeuchtigkeit und Verschmutzung hinzu. Ausserdem geht jeder Mensch anders mit seinen Schlüsseln um. Ich habe Lackpartikel im Zylinder gefunden. Die müssen aber nicht unbedingt von einem Werkzeug stammen. Verena Zimmermann hätte sie genau so gut mit ihrem eigenen Schlüssel dorthin befördern können. Deshalb möchte ich mich im Moment auf die Formspuren konzentrieren, die als Höhendifferenz messbar sind.»

Kay Gysin seufzte. «Und dazu brauchst du vermutlich ein Rasterelektronenmikroskop, richtig?»

Martin grinste. «Ein Oberflächenrauigkeits-Messgerät und ein Lichtmikroskop täten es auch.»

Die vergangene Nacht hatte seine Stimmung deutlich gehoben. Als hätten sie beide gespürt, dass ihnen etwas entglitt, hatten sich Vera und Martin mit einer Intensität geliebt, die er seit Jahren nicht mehr erlebt hatte. Als sie frisch verliebt gewesen waren, hatte Vera ihn immer wieder mit ihrer Abenteuerlust überrascht. Ein Abend war ihm in besonderer Erinnerung geblieben. Er hatte Überstunden gemacht, weil er einen Bericht fertig schreiben musste. Die meisten Kollegen waren schon gegangen, nur im Labor summten noch die Geräte. Als Vera ohne Vorankündigung in seinem Büro auftauchte und mit einem unergründlichen Blick die Tür hinter sich zustiess, hatte Martin geglaubt, sie wolle etwas Ernstes mit ihm besprechen. Doch sie war nicht gekommen, um zu reden. Noch heute wurde ihm heiss, wenn er daran dachte, welches Risiko sie eingegangen waren. Dabei hatte er unberechenbare Situationen immer gemieden. Vera hatte eine Seite in ihm geweckt, deren Existenz ihm nicht bewusst gewesen war. Auch gestern, nach acht Jahren, hatte sie ihn mit neuen Ideen überrascht. Ihre Phantasie schien grenzenlos. Er hatte fest damit gerechnet, mit Muskelkater aufzuwachen, doch ausser einer angenehmen Mattigkeit spürte er nichts. Vera hingegen hatte die Augen verdreht, als sie die Treppe zum Frühstücksraum hinuntergestiegen war. Beim Gedanken daran wurde Martins Grinsen breiter.

Kay Gysin betrachtete ihn mit einem seltsamen Ausdruck. Zum erstenmal fiel Martin auf, dass ihre Augen hellblau waren, fast wie das Wasser des Thermalbads. Im Gegensatz zum Vortag, als sie einen Hosenanzug getragen hatte, war sie heute in Rock und ärmelloser Bluse gekleidet. Martin vermutete, dass sie wegen ihrer Grösse Mühe hatte, passende Hosen zu finden. Der Braunton ihrer Waden deutete zumindest darauf hin, dass diese nicht oft bedeckt waren.

«Langweilt sich deine Partnerin nicht, während du arbeitest?», fragte sie. «Mir wurde gesagt, ihr macht hier Ferien. Mein Mann ginge die Wände hoch, wenn ich auch noch während meiner knappen Freizeit arbeiten würde.»

Der unmissverständliche Hinweis liess Martin erröten. Rasch richtete er den Blick wieder auf den offenen Schliesszylinder vor sich. Er erwähnte nicht, dass Vera gerade mit Meerschlick, Algen und Salz beschmiert wurde, was laut Werbeprospekt den Körper entgiften und straffen soll. Anschliessend hatte sie eine Kosmetikbehandlung gebucht. Erst dann wollten sie sich im Thermalbad treffen. Vera hatte keinen Moment gezögert, als er dieses Programm vorgeschlagen hatte.

«Du bist mir noch eine Antwort schuldig», wechselte er das Thema. «Hältst du Paul Zimmermann für schuldig?»

Kay Gysins Ausdruck verriet nichts. «Diese Frage werde ich erst beantworten, wenn du dir eine Meinung über die Schlösser gebildet hast.»

«Zu 95 Prozent ist keine Drittperson ins Haus eingedrungen.»

«Das reicht mir nicht. Ich will wissen, was du im Gutachten schreiben wirst.»

«Dazu brauche ich ...»

«... ein Rasterelektronenmikroskop», beendete die Polizistin den Satz. «Sollst du bekommen. Ich melde mich.»

Eine Stunde später hatte sie noch immer nicht angerufen. Nachdem Martin im Garten des «Höfli» einen Kaffee getrunken hatte, informierte er sich näher über die Wassersinfonie im Kurpark. Da Vera Musik liebte, würde sie sich das Schauspiel bestimmt nicht entgehen lassen wollen. Dreimal pro Woche tanzte das Wasser zu George Gershwin und Brian Adams. Begleitet wurde die Bewegung von farbigem Licht.

Da Kay Gysin sich nicht meldete, vertiefte sich Martin wieder in die Unterlagen des Falles. Manchmal halfen ihm Informationen weiter, die nichts mit den Schliessverhältnissen zu tun hatten. Da er oft mehr als nur die Berichte der Kriminaltechnik las, hatte er schon Hinweise auf mögliche

Spurenverursacher gefunden. Oder Erklärungen für Fremdmaterial entdeckt. Was er suchte, wusste er immer erst, wenn er es gefunden hatte.

Als er die Zusammenfassung der kriminaltechnischen Abteilung weglegte, fiel Martin ein Protokoll auf, das er am Vorabend nicht bemerkt hatte. Kay Gysin hatte einen deutschen Kurgast befragt. Günther Kowarsch war der Letzte, der Verena Zimmermann lebend gesehen hatte. Der 46-Jährige hatte das Grab der Heiligen Verena besucht, wo ihn die echte Verena in ein Gespräch verwickelt hatte. Als sie auf die St. Verena Stiftung zu sprechen gekommen waren, hatte sie ihm Prospekte angeboten, die sie zu Hause aufbewahrte. Gemeinsam waren Verena Zimmermann und Günther Kowarsch in den Oberflecken gegangen. Nur eine Stunde später wurde Verena Zimmermann erschlagen. Hätte der Pfarrer die beiden nicht beobachtet, wäre der Kurgast abgereist, ohne von Verena Zimmermanns Tod zu erfahren und ohne dass die Polizei ihn dazu hätte befragen können.

Die Unterlagen der St. Verena Stiftung hatten Kowarsch interessiert, weil er seit geraumer Zeit einen Erben für sein nicht unbedeutendes Vermögen suchte. Seine fragile Gesundheit machte ihm laut Protokoll immer wieder von neuem deutlich, wie vergänglich das Leben war. Kinder hatte er keine, und seinen einzigen Neffen mochte er nicht. Während der drei Kurwochen in Bad Zurzach hatte er sich so wohl gefühlt, dass ihm die Idee gekommen war, sein Vermögen einer lokalen Organisation zu vermachen.

Martin fragte sich, warum jeder Verena Zimmermann gemocht hatte. War es ihre Ausstrahlung gewesen? Ihr Engagement für andere? Warum hatte sie sich für andere aufgeopfert? Aus Nächstenliebe, wie ihr Vorbild? Oder weil sie so ihr mangelndes Selbstwertgefühl kompensieren konnte?

Brauchte sie die Dankbarkeit, die ihr dafür entgegengebracht wurde, um ihrem Leben einen Sinn zu geben? Nicht alle hatten sie gemocht, korrigierte Martin sich in Gedanken. Paul Zimmermann hatte sich mit ihr gestritten. Ausgerechnet der Bruder, dem sie eine Mutter gewesen war.

Martin zwang seine Gedanken in Richtung Schlösser. Seine Aufgabe bestand darin, Erklärungen für die Spuren an den Schliesszylindern zu finden, nicht für Verena Zimmermanns Charakter. Allerdings wäre es hilfreich, mehr über die Gewohnheiten der Verstorbenen zu erfahren. Zum Beispiel interessierte ihn, wo sie mit rotem Lack in Berührung gekommen war, um die Partikel im Zylinder begründen zu können.

Ihm blieben noch zwei Stunden, bis er Vera treffen würde. Vielleicht erlaubte ihm der Bezirksamtmann, Paul Zimmermann einige Fragen zu stellen. Auch wenn dieser sich nicht mit seiner Schwester vertragen hatte, so wusste er vielleicht doch einiges über ihre Gewohnheiten. Das Bezirksgefängnis, wo der Verdächtige in Untersuchungshaft sass, befand sich im Rathaus, nur wenige Schritte entfernt.

Martin wählte Valentin Feurers Nummer. Zu seiner Überraschung stimmte der Bezirksamtmann seiner Bitte sofort zu. «Wenn es hilft, möglichst rasch Licht in diese Angelegenheit zu bringen, werde ich den Besuch gleich in die Wege leiten. Aber ich muss Sie begleiten.»

«Natürlich», antwortete Martin. «Wenn es nicht zu grosse Umstände macht.»

«Überhaupt nicht. Sie wissen, dass Herr Zimmermann die Aussage verweigern kann?»

«Das ist mir klar.»

«Möglicherweise wird er seinen Anwalt dabei haben wollen, auch wenn es sich nicht um eine Einvernahme handelt. Ob dieser jetzt Zeit hat, weiss ich nicht.»

«Ich bin flexibel», antwortete Martin mit einem mulmigen Gefühl. Wenn er nicht zur abgemachten Zeit im Thermalbad erschien, wäre die gute Stimmung zwischen Vera und ihm im Nu verflogen. Doch er machte sich umsonst Sorgen. Der Bezirksamtmann rief fünf Minuten später zurück und meldete, dass Paul Zimmermann auch ohne Anwalt Auskunft gebe. Er schlug vor, Martin in einer Viertelstunde vor dem Bezirksamt zu treffen.

Die Propstei, in der unter anderem das Büro des Bezirksamtmanns untergebracht war, hatte bis zur Stiftsaufhebung Ende 19. Jahrhundert als Wohnhaus des Propstes gedient. Offenbar war das Gebäude erst kürzlich renoviert worden, denn die Fassade erstrahlte in frischem Weiss, und die Torbögen aus grauem Stein wirkten wie neu. Während er wartete, betrachtete Martin die Fensterbekrönungen. Vera hätte bestimmt erklären können, was sie bedeuteten.

«Entschuldigen Sie», sagte plötzlich jemand hinter ihm. «In letzter Minute kam noch ein Anruf.»

Martin drehte sich um. Valentin Feurer war ein schlanker Endvierziger mit dunkelbraunem Haar, das lediglich an den Schläfen ins Grau übergegangen war. Als er lächelte, stellte Martin fest, dass seine Zähne fast so weiss leuchteten wie sein Hemd. Obwohl der Bezirksamtmann als erstes fragte, ob sich Martin in Bad Zurzach gut erhole, hatte Martin nicht den Eindruck, dass dies Feurer interessiere. Aus Höflichkeit lobte Martin das Thermalbad, das er noch gar nicht besucht hatte.

«Gehen wir», sagte Feurer, in Richtung Rathaus deutend. «Kay kümmert sich übrigens um das Rasterelektronenmikroskop. Sie hat mit einem Labor in Koblenz Kontakt aufgenommen.»

«Ich möchte Ihnen keine Umstände machen.»

Feurer machte eine ungeduldige Handbewegung. «Wir sind es, die auf eine rasche Antwort drängen.»

«Und wer genau ist ‹wir›?»

Feurer warf Martin einen Blick zu. «Was genau hat Ihnen Kay erzählt?»

«Wenig.»

Feurer nickte, als hätte er nichts anderes erwartet. Martin wusste nicht, was er daraus schliessen sollte. Dass Kay Gysin eine verschwiegene Person war, oder dass Feurer Anweisung erteilt hatte, keine Informationen preiszugeben? Der Bezirksamtmann sah aus wie ein Mann, der es gewohnt war, dass seine Befehle befolgt wurden. Andererseits wirkte Kay Gysin nicht wie eine Frau, die sich etwas verbieten liess.

«Paul Zimmermann ist ein wichtiger Mann. Er stammt aus einer vermögenden Familie», begann Feurer. «Seine Verhaftung hat verständlicherweise grosses Aufsehen erregt. Zudem ist seine Mitgliedschaft im Verwaltungsrat der Thermalbad AG von öffentlichem Interesse. Schliesslich spielt das Bad eine wichtige Rolle für Zurzach.»

«Ich verstehe immer noch nicht, wen Sie mit ‹wir› meinen. Wer drängt auf rasche Antworten?», fragte Martin. «Ausser Paul Zimmermann natürlich.»

Valentin Feurer lächelte unverbindlich.

Paul Zimmermann sass bereits im Besucherraum, als Martin das Gefängnis betrat. Er war genau so schlank wie der Bezirksamtmann, doch während Feurer Eleganz ausstrahlte, wirkte Paul Zimmermann lediglich fragil. Unter seinen braunen Augen lagen tiefe Schatten, an seinem Kinn klebte ein Stück Gaze; vermutlich hatte er sich beim Rasieren geschnitten. Martin begriff, warum, als er sah, wie die Hände des Angeschuldigten zitterten.

Auf einmal überkamen Martin Zweifel. Wenn er Gutachten erstellte, sah er nie Menschen vor sich, sondern technische Sachverhalte. Unter normalen Umständen wäre es ihm gar nie in den Sinn gekommen, Kontakt mit einem Tatverdächtigen aufzunehmen. Weil er als Privatperson in Bad Zurzach weilte, hatte er sich dazu verleiten lassen, unprofessionell zu handeln. Er hätte Kay Gysin bitten müssen, Paul Zimmermann zu befragen. Dafür war es jetzt zu spät.

Er beschloss, sich möglichst kurz zu fassen. Ohne Umschweife fragte er Paul Zimmermann, ob er sich an einen rot lackierten Gegenstand erinnern könne, der im Besitz seiner Schwester gewesen war.

«Lackiert?», wiederholte Zimmermann. «Nicht einfach rot?»

«Nein, lackiert.»

«Warum möchten Sie das wissen? Wurde die Haustür mit einem rot lackierten Gegenstand aufgebrochen?»

«Beantworten Sie einfach die Frage», befahl Feurer.

Nervös zupfte Paul Zimmermann an einem Ärmel. «Vielleicht wäre es doch besser, mein Anwalt wäre hier.»

Als Feurer nichts darauf erwiderte, erklärte Martin: «Im Schliesszylinder habe ich roten Lack gefunden. Wenn er vom Schlüssel Ihrer Schwester stammt, kann ich die Partikel aus meinen Untersuchungen ausschliessen.»

Zimmermann räusperte sich. «Verena besitzt… besass einen rötlichen Kerzenständer aus Keramik. Aber ich glaube nicht, dass er lackiert war.»

«Können Sie die Farbe genauer beschreiben?»

«Ich würde sie als dunkel bezeichnen. Eher wie Rotwein als wie eine Tomate.»

«Vergleichbar mit der Schweizer Fahne?»

«Nein, dunkler. Und Servietten! Sie legte immer rote Servietten neben die Teller.» Je länger er nachdachte, desto mehr rote Gegenstände kamen Paul Zimmermann in den Sinn. Doch keiner war lackiert.

«Was fahren Sie für ein Auto?», fragte Martin.

«Einen Mercedes. Einen silbrigen Mercedes.»

«Und Verena?»

«Sie hat nie den Führerschein gemacht.» Plötzlich fasste sich Paul Zimmermann mit beiden Händen an den Kopf. «Ich kann es immer noch nicht glauben! Ich habe geklingelt, und als sie nicht zur Tür kam, trat ich ein. Ich vermutete, dass sie in der Waschküche war, oder ganz oben im Wohnzimmer und mich deshalb nicht hörte. Und dann sah ich sie! Da war so viel Blut! Rot! Sie haben nach etwas Rotem gefragt! Vielleicht ist es Blut? Denn ich habe die Haustür nicht abgeschlossen, das habe ich bereits erklärt. Warum suchen Sie überhaupt nach jemandem, der eingebrochen hat? Die Tür stand doch offen! Sie müssen nach jemandem suchen, der abgeschlossen ...»

Der Bezirksamtmann unterbrach ihn. «Herr Angst möchte nur wissen, ob Sie sich an einen roten Gegenstand erinnern können. Den Tathergang haben Sie bereits geschildert.»

«Tathergang?» Paul Zimmermann richtete sich auf. «Ich habe beschrieben, wie ich meine tote Schwester gefunden habe! Über die Tat weiss ich nichts!»

Martin räusperte sich. «Ich verstehe, wenn die Erinnerungen schmerzhaft sind, aber denken Sie zurück. Sie haben das viele Blut erwähnt.»

Zimmermann nickte mit geschlossenen Augen.

«Können Sie mir beschreiben, wo überall sich Blut befand?»

«Der Polizeifotograf hat alles dokumentiert», unterbrach Feurer erneut.

Martin ignorierte ihn. «Herr Zimmermann?»

«Verena lag am Boden. Das Blut hatte eine Lache neben ihrem Kopf gebildet. I-ich glaube, es war auf der linken Seite.»

«Lag noch etwas auf dem Boden?»

«Was meinen Sie?»

«Lag etwas im Blut?»

Zimmermann rieb sich die Augen. «Ich glaube nicht. Als ich zu mir kam, hatte ich unheimliche Kopfschmerzen. Dann sah ich das Blut. Ich rief sofort die Polizei an.»

«Von Ihrem Handy aus?»

«Ja.»

«Auf dem Boden liegend?»

«Ich habe mich aufgesetzt.»

«Und Ihnen ist nichts auf dem Boden aufgefallen?»

«Herr Angst, worauf wollen Sie hinaus?», fragte Feurer verärgert. «Was haben die Blutflecken mit den Türschlössern zu tun?»

«Ein Blatt Papier vielleicht? Der Zipfel eines Schals?», bohrte Martin weiter.

«Nein, das wäre mir aufgefallen. Schliesslich war die Lache genau vor meiner Nase.» Er schloss die Augen. «Warten Sie, da war vielleicht doch etwas. Aber als ich aufwachte, war es weg.»

«Wie sah es aus?»

Paul Zimmermann massierte sich die Schläfen, als könne er die Erinnerung gewaltsam zurückholen. Nach einiger Zeit schüttelte er jedoch enttäuscht den Kopf.

Trotz der Hitze joggte Martin den ganzen Weg zum Hotel zurück. Er sehnte sich nach Abkühlung; die würde er aber im warmen Wasser des Thermalbades kaum finden. Vera wartete bereits an der Réception mit seiner Badetasche. Obwohl er zehn Minuten zu spät war, sagte sie nichts.

«Shampoo und Badehose habe ich eingepackt. Brauchst du sonst noch etwas?», fragte sie.

«Das reicht.»

Vera steuerte auf den Lift zu. «Wir müssen ins Untergeschoss. Von dort aus können wir direkt ins Wellness Center gelangen. Wenn wir den Eingang über den Spa benützen, müssen wir keinen Eintritt bezahlen.»

Sie verliessen den Lift und schlugen den Weg zum hoteleigenen Solebad ein. Unterwegs erzählte Vera von ihrem Morgen. Die Behandlungen schienen ihr gut getan zu haben. Martin hatte sie schon lange nicht mehr so entspannt erlebt.

Die unterirdische Verbindung zum Wellness Center begann direkt nach dem Solebad. Der Boden war mit einem gemusterten Teppich bedeckt, der ihre Schritte dämpfte. Vor ihnen bewegte sich ein älteres Paar in weissen Bademänteln ebenfalls Richtung Wellness Center. Vera unterdrückte ein Kichern. Martin sah an den beiden nichts Belustigendes. Er hoffte, dass er im Alter ebenfalls genug Energie aufbrächte, sich um seine Gesundheit zu kümmern. Dem Frieden zuliebe sagte er jedoch nichts. Stattdessen berichtete er von seinem Besuch bei Paul Zimmermann. Inzwischen waren sie bei der Rehaklinik angekommen. Ohne Vera hätte sich Martin verlaufen, doch sie zeigte auf eine Beschriftung an der Wand, die an verschiedenen Behandlungsräumen vorbei die Richtung zu einem modernen Fitnessstudio wies. Dort tauschten sie ihren Hotelschlüssel gegen Badeeintritte ein. Mit einem wehmütigen Blick zu einem Indoorcycle folgte Martin Vera zur Garderobe. Beim Radfahren schwitzte er zwar auch, aber danach war er immer erfrischt. Nach dem Baden fühlte er sich meist nur erschlagen.

Vera befand sich bereits bei den Massagedüsen im Freiluftbecken, als Martin zögernd den Fuss ins 36 Grad warme

Wasser hielt. Schliesslich fand er die warme Luft schlimmer als das warme Wasser und tauchte ein. So rasch als möglich schwamm er ins Freie.

«Ist es nicht herrlich?», lachte Vera. «Ich könnte den ganzen Tag vor diesen Düsen verbringen. Sag mal, zu welchem Schluss bist du eigentlich wegen den Schlössern gekommen? Du hast gar nichts erzählt.»

Martin liess sich unter Wasser ziehen. Kay Gysin hatte sich immer noch nicht gemeldet. Die Untersuchung mit dem Rasterelektronenmikroskop stand ihm also noch bevor. Als er Luft holen musste, packte Vera ihn an den Ohren.

«Martin! Was verheimlichst du mir?»

Er nahm sie in einen Klammergriff und zog sie mit unter die Wasseroberfläche, bis sie so strampelte, dass er fürchtete, sie würde ihm das Knie in den Bauch rammen. Oder noch schlimmer.

«Spinnst du?», rief sie nach Luft schnappend, so laut, dass sich einige Köpfe nach ihnen umdrehten. «Was ist bloss in dich gefahren?»

«Ich dachte, du magst Wass…»

Sie holte Anlauf und versuchte, seinen Kopf mit beiden Händen unter Wasser zu drücken. Gegen seine Masse hatte sie keine Chance. Hinter ihnen schimpfte jemand, der offensichtlich seine Ruhe wollte. Martin lachte, was Vera noch mehr in Rage versetzte. Als sie verärgert davonschwamm, kam er plötzlich wieder zu sich. Was tat er bloss?

Er trug den Kampf, der in seinem Inneren tobte, mit ihr aus, wurde ihm bewusst. Dass sie nach Bad Zurzach gekommen waren, um ihre Beziehung zu kitten, war nur die halbe Wahrheit. Tatsächlich versuchten beide, sich darüber klar zu werden, ob es überhaupt etwas zu kitten gab. Wozu

Arbeit in eine Beziehung stecken, die in eine Sackgasse führte? Mit keinem Wort hatten sie das Thema Familie angesprochen. Es war auch nicht nötig. Vera kannte seine Einstellung. Und er ihre. Als er sie eingeholt hatte, entschuldigte er sich. Diesmal tauchte sie ab. Sie trafen sich erst wieder in der Garderobe, wo Martin gestand, dass er noch einmal weg müsse.

Kay Gysin hatte ein Labor in Koblenz ausfindig gemacht, das ihm Zugang zu den nötigen Instrumenten gewährte. Vor dem Hotel wartete Martin neben der Haltestelle des Shuttle-Busses, wo sie ihn abholen wollte. Als ein roter Porsche vorfuhr, pfiff jemand leise. Martin hatte den Mann an der Haltestelle gar nicht bemerkt. Er war ungefähr in seinem Alter, in Jogginganzug und Turnschuhe gekleidet.

«Haben Sie Glück! In so einem Schlitten möchte ich auch einmal abgeholt werden!»

Bevor Martin antworten konnte, lehnte sich Kay Gysin zum Beifahrerfenster. «Steig ein!», befahl sie. «Wenn du dich hineinquetschen kannst.»

Der Porsche war tatsächlich nicht ideal für zwei so grosse Menschen, dachte Martin.

«Ich weiss», sagte Kay Gysin trocken. «Aber mein Wagen ist im Service.»

«Stellen Zurzacher Garagen immer Porsches als Ersatzwagen zur Verfügung? Vielleicht müsste ich unseren Opel auch einmal hierher bringen.»

Kay Gysin lächelte schwach. «Der Porsche gehört meinem Mann.»

An ihren langen Fingern entdeckte Martin keinen Ring. Sie bemerkte seinen Blick, sagte jedoch nichts. Als sie Bad Zurzach hinter sich gelassen hatten, erklärte sie, dass ihm im Labor ein Lichtmikroskop zur Verfügung stehe, jedoch kein Rasterelektronenmikroskop.

«Aber es ist immerhin ein Stereo-Lichtmikroskop mit Bildbearbeitungssoftware. Ich hoffe, du kannst damit etwas anfangen.»

«Das Auflösungsvermögen ist nicht gleich gross, aber das ist nicht immer das Wichtigste. Wenn die Beleuchtung leistungsstark ist, reicht es in der Regel. Die farbigen Abbildungen sind in diesem Fall vielleicht sogar von Vorteil.»

«Denkst du an den roten Lack?»

«Ja.»

«Wir sind da.» Kay Gysin bog in einen Parkplatz ein. Nachdem sie den Motor abgestellt hatte, drehte sie sich zu ihm hin. «Gestern hast du mir gesagt, du wollest dich auf die Formspuren konzentrieren. Plötzlich ist der Lack wichtig.»

Martin senkte den Blick.

«Es war meine Idee, dich für ein Gutachten anzufordern», fuhr Kay Gysin fort. «Ich kenne deine Arbeit. Sie hat mich immer beeindruckt. Deine Professionalität sucht ihresgleichen. Du widmest dich zu hundert Prozent deiner Aufgabe und hältst immer den Dienstweg ein.»

Martin verstand genau, was sie ihm damit sagen wollte. Seit er mit der Untersuchung der Schlösser begonnen hatte, verhielt er sich wie ein Blatt im Wind. Mal bewegte er sich in die eine Richtung, dann wieder in die andere, als könne er sich nicht entscheiden, worauf er sich konzentrieren solle. Dass der Fall komplizierter war, als er erwartet hatte, reichte nicht als Erklärung aus. Vielleicht hätte er von Anfang an darauf bestehen sollen, die Untersuchungen in Zürich durchzuführen. Meistens erkannte er jedoch schon von blossem Auge die kleinen Anzeichen dafür, dass ein

Schloss überwunden worden war. Nur selten musste er sich ausschliesslich auf mikroskopische Untersuchungen verlassen wie in diesem Fall. Doch auch damit war er schon zurechtgekommen. Wenn er ehrlich war, hatte seine Unsicherheit nichts mit den Bedingungen dieses Auftrages zu tun. Sie wurzelte in ihm selbst. Er war tatsächlich ein Blatt im Wind. Im Moment hatte ihn ein Luftstrom weit nach oben befördert, und er hatte keine Ahnung, in welche Richtung er getragen wurde. Seit er realisiert hatte, dass ihn Vera belogen hatte, traute er seiner Wahrnehmung nicht mehr ganz. Was, wenn ihn die Spuren auch anlogen? Und er es nicht merkte?

Kay Gysin starrte ihn unvermittelt an.

Martin räusperte sich. «Es tut mir leid.»

«Ist es die Tragweite des Falles?»

«Auch. Ich vermute, mein Gutachten wird darüber entscheiden, ob Paul Zimmermann in Untersuchungshaft bleibt.»

«Nein, das entscheidet einzig und allein Valentin. Er wird zwar dem Haftrichter das Gefühl geben, dieser habe entschieden, doch die Fäden zieht Valentin. Und er ist überzeugt, dass Paul Zimmermann schuldig ist.»

«Und du?»

Kay Gysin zögerte. Mit einer Hand fuhr sie sich übers Haar. Ein Hauch von Parfüm wehte zu Martin herüber. Oder war es ihre Haut, die nach Frühlingswiese, Sonnenaufgang und Hoffnung roch? Sie war so nah, dass er die einzelnen Glieder ihrer feinen Halskette zählen konnte. Martins Blick glitt zum tropfenförmigen Anhänger, der genau über ihrem Ausschnitt hing. Er stellte sich vor, wie sich der Stein verflüssigte und langsam nach unten rollte.

«Ich?», antwortete Kay Gysin schliesslich. «Ich halte ihn für unschuldig.»

Überrascht sah Martin auf. «Warum?»

«Paul Zimmermann ist kein impulsiver Mann. Er bedenkt jede Handlung. Er wägt Für und Wider ab, zieht alle möglichen Konsequenzen in Betracht. Ausserdem glaube ich nicht, dass er zu solch einer Wut fähig ist. Angeblich soll er sich mit seiner Schwester über das Erbe gestritten haben. Wenn Paul und Verena Zimmermann stritten, so war das bestenfalls eine heftige Diskussion. Wir haben keinen einzigen Zeugen gefunden, der das Gegenteil aussagt.»

«Geld hat schon oft ungeahnte Seiten im Menschen zum Vorschein gebracht.»

«Es ging ihnen beim Streit nicht um das Vermögen als solches, sondern um die Werte, die sie vertraten, beziehungsweise das Leben, das sie führten. Paul Zimmermann engagiert sich seit Jahrzehnten in Bad Zurzach. Er ist immer mit dabei, wenn es um neue Projekte geht. Dazu musst du vielleicht wissen, dass die Zahl der Badegäste im Moment rückläufig ist. Ein Badeort muss sich immer wieder Neues einfallen lassen, um Besucher anzulocken. Die Ansprüche der Menschen steigen. Deshalb kämpft Paul Zimmermann beispielsweise für einen Golfplatz. Er selbst spielt gar nicht. Aber er vertritt die Meinung, solch eine Anlage gehöre zu einem modernen Ferienort. Verena Zimmermann hingegen war der Ansicht, Spiritualität sei wichtiger als Umsatz. Der Golfplatz hatte für sie etwas Ausschliessendes, weil er wohlhabende Menschen ansprach. Obwohl es heute nicht mehr unbedingt ein Elitesport ist, ist Golf immer noch teurer als ein Nachmittag im Freibad.» Kay Gysin hielt einen Moment inne. Als sie fortfuhr, blickte sie an Martin vorbei aus dem Fenster. «Ich glaube aber nicht, dass diese Meinungsverschiedenheit zum Bruch zwischen den Geschwistern geführt hat. Ich glaube, Verena Zimmermann war unglücklich.»

«Weil sie nie richtig gelebt hat?», fragte Martin leise. In Gedanken hörte er, wie Vera ihm vorwarf, ein Leben an seiner Seite sei wie der vorzeitige Tod. Zwar hatte sie ihm diese Worte in einem Wutanfall an den Kopf geworfen und sich später dafür entschuldigt, doch ein Körnchen Wahrheit lag immer in ihren Äusserungen. Sie kritisierte ihn, jeden Schritt zu planen und keinen Raum für Spontaneität zu lassen. Die nächsten Jahre mit ihm seien so voraussehbar, dass sie sich gleich ins Grab legen könne, hatte sie behauptet.

Kay Gysin schien überrascht, dass Martin sie verstand. «Ja. Verena Zimmermann hat ihr Leben für andere gelebt. Ich bin aber überzeugt, dass sie daraus auch Kraft geschöpft hat. Sich für andere aufzuopfern ist nicht nur ein Geben. Man hat auch etwas davon, obwohl das viele sogenannte Gutmenschen abstreiten würden. Die Macht, die sie beispielsweise über andere haben, ist nicht zu unterschätzen. Ausserdem gibt das Gefühl, gebraucht zu werden, manchen Menschen erst einen Sinn im Leben.»

«Mit dem Tod ihres Vaters verlor Verena also weit mehr als einen Elternteil», folgerte Martin. «Sie verlor einen Menschen, der sie brauchte. Sie hat ihren Vater schliesslich lange gepflegt.»

«Und wurde nicht einmal dafür entschädigt», bestätigte Kay Gysin. «Sie hätte es vermutlich abgestritten, aber ich glaube, sie erwartete irgendeine Form von Dank.»

«Zum Beispiel einen grösseren Teil der Erbschaft als ihr Bruder?»

Kay Gysin nickte. «Das hätte ihr das Gefühl vermittelt, ihr Vater habe ihr Opfer gewürdigt. So aber stand sie plötzlich alleine da. Ohne Dank, ohne Lebensinhalt, ohne einen blassen Schimmer, wie ihre Zukunft aussehen sollte.»

Martin schluckte. Er fühlte sich plötzlich durchschaut.

«Ich glaube, darum ging es in Wirklichkeit beim Streit mit Paul Zimmermann», schloss Kay Gysin. «Doch er begriff es nicht. Vermutlich dachte er, seine Schwester habe auf einmal ihr Interesse an materiellen Werten entdeckt.»

Plötzlich hatte Martin das Gefühl, im engen Wagen keine Luft mehr zu bekommen. Rasch öffnete er die Tür und stieg aus.

«Martin?»

«Ja?»

«Alle Informationen, die du für dein Gutachten brauchst, kommen von mir. Ich möchte nicht, dass du mit Zeugen sprichst und schon gar nicht mit dem Angeschuldigten. Auch wenn Valentin anderer Meinung ist.» Ohne den Blick von ihm abzuwenden, schloss sie die Tür des Porsches.

Unter dem Mikroskop erzählte jede Oberfläche ihre eigene Geschichte. Die Scharten, Kerben und Eindrücke waren für Martin Wörter, die er zu Sätzen zusammenfügte. Die üblichen Verschleissspuren, die er sofort anhand der Grösse und Verlaufsrichtung erkannte, blendete er aus, um sich auf die ungewöhnlichen Merkmale zu konzentrieren. Dazu gehörte eine auffällige Delle, die er als Versuch interpretierte, das Schloss durch Schlüsselschlagen aufzusperren. Weitere Kratzer bestätigten aber seine Vermutung, dass die Delle nicht in den letzten Monaten entstanden war. Offenbar hatte früher jemand versucht einzubrechen. Eine weitere dünne Linie, die aussah, als sei ein spitzer Gegenstand über die Oberfläche gerutscht, hätte von einem Raking-Versuch stammen können, doch sicher war Martin nicht. Hingegen fand er neben Kupferpartikeln mehrere Lackkrümel, die seine Aufmerksamkeit weckten. Da sie über den Formspuren lagen, konnten sie noch nicht alt sein.

Kay Gysin versprach, sie nach Aarau ins Labor zu bringen. Ob dem Lack eine Bedeutung zukam, würde sich erst im Lauf der Ermittlungen zeigen. Martin hatte jedoch schon oft erlebt, dass scheinbar unwichtige Spuren plötzlich eine Rolle spielten. Deshalb asservierte er lieber zu viel als zu wenig. Manchmal warf ihm sein Vorgesetzter vor, unnötig Kosten zu verursachen. Im Falle eines Tötungsdeliktes aber reklamierte in der Regel niemand.

Nachdem er die Lackpartikel verpackt hatte, widmete sich Martin wieder den Formspuren. Kay Gysin sass schweigend neben ihm. Je mehr er sich in seine Arbeit vertiefte, desto weniger spürte er ihre Gegenwart. Irgendwann vergass er ganz, dass sie noch da war. Als er sich nach zwei Stunden streckte, zuckte er zusammen, als sein Arm ihre Schulter berührte.

«Entschuldige, ich bin mir schweigende Frauen nicht gewohnt», lächelte er.

Sie überraschte ihn mit einem breiten Grinsen. «Und ich kenne keine Männer, die nicht andauernd herausposaunen, was sie gerade Tolles leisten.»

«Toll würde ich es nicht nennen. Ich habe nichts gefunden.»

Kay Gysin wurde wieder ernst. «Also drang niemand ins Haus ein. Und niemand verliess es wieder.»

«Zumindest nicht durch die Haustür oder den Hintereingang. Aber eine hundertprozentige Garantie gebe ich nie ab. Ein Restrisiko bleibt immer. Was ist mit den Fenstern? Wurden sie gründlich untersucht?»

«Ja», seufzte sie. «Bleibt also nur die Kellertür, und diese kann nicht von aussen abgeschlossen werden.»

Martin schüttelte den Kopf. «Tut mir leid.»

«So viel zu meiner Theorie. Valentin wird sich freuen. Offenbar ist Paul Zimmermann doch schuldig.»

4.

Martin fand Vera in der Quellen-Bar. Bei der Suche nach ihr war ihm plötzlich die Wassersinfonie in den Sinn gekommen, die er mit ihr hatte anschauen wollen. Ein Blick auf die Uhr hatte ihm aber gezeigt, dass es bereits 22.15 Uhr war. Er hatte die Vorstellung verpasst. Glücklicherweise gab es in Bad Zurzach nicht viele Orte, an denen Vera sich um diese Zeit aufhalten konnte. Die Bäder waren zu, die Museen auch. Gegessen hatte sie bestimmt schon, also hatte Martin beschlossen, die öffentlichen Parkanlagen und Bars zu durchkämmen.

Die frisch renovierte Quellen-Bar lag im Kurhotel. Die Terrasse war mit Gästen gefüllt, die den lauen Sommerabend genossen. Vera stand mit zwei Männern und einer Frau am Tresen, ein Glas mit einem grünen Getränk in der Hand. Ihrem Lachen nach enthielt es Alkohol.

«Sieh mal einer an, Dr. Angst konnte sich von seinen Schlössern trennen!» Sie lehnte sich gegen einen athletischen Mann mit Sommersprossen. «Bob, habe ich dir erzählt, dass sich mein Freund nichts sehnlicher wünscht als ein eigenes Mikroskop? Am liebsten auf seinem Nachttisch, damit er jederzeit alles untersuchen kann. Bestimmt sieht er meinem Schlüssel sogar an, mit wem ich zusammen war. ‹Aus dem Spurenbild schliesse ich auf ein männliches Wesen mit Waschbrettbauch›», sagte sie mit tiefer Stimme. «Martin, darf ich vorstellen? Das ist Bob. Er arbeitet als Personal Trainer im Spa.»

«Hi», sagte Bob mit einem schiefen Grinsen.

Martin verzog keine Miene.

«Und das sind Gabi von der Gemeindeverwaltung und … entschuldige, wie war nochmals dein Name?»

«Rolf», antwortete ein verlebter Mann Anfang fünfzig.

«Rolf wollte nicht herkommen, aber sein Stammlokal musste schliessen, nicht wahr, Rolf?» Vera wartete die Antwort nicht ab. «So ein Pech! Aber das ist schon ewig her. Im ‹Schwert› sei noch etwas los gewesen, meint Rolf. Es muss eine echt gute Szene gewesen sein. Rockmusiker und so. Heute läuft nichts mehr im Flecken. Sogar das ‹Steinböckli› wurde geschlossen. Es wurde der Wirtin Marteli einfach zu viel. Sie war über achtzig. Und nun hat Rolf keinen Zufluchtsort mehr. Deshalb hat Gabi ihn überredet, hierher zu kommen. Eine beachtliche Leistung, denn Rolf meidet normalerweise den Bäderbezirk. Was hast du über die Menschen hier gesagt? Sie hätten eine Profilierungsneurose?»

Martin legte eine Hand auf Veras Schulter, doch sie schüttelte sie ab. Bevor sie weiterreden konnte, ergriff Gabi das Wort.

«Rolf sieht alles ein bisschen schwarz. Gegen den Bäderbezirk zu wettern, hat bei alteingesessenen Zurzachern Tradition. Die meisten vergessen dabei, dass das Thermalbad, die Hotels und die Klinik auch Arbeitsplätze schaffen. Dass das Leben im Flecken langsam ausstirbt, hat nichts mit dem Bad zu tun. Meine Tochter fährt auch lieber in die nächste Stadt, wenn sie in den Ausgang geht. So sind die Jungen heute eben.»

Rolf wollte sich nicht umstimmen lassen. «Von uns erwartet man, dass wir uns fürs Thermalbad interessieren. Sogar Geld sollen wir investieren. Aber umgekehrt? Was macht das Bad für Zurzi? Ausser Asylsuchende aus dem Kurpark zu vertreiben? Diese könnten schliesslich Kurgäste abschrecken», erklärte er ironisch. «Entschuldige, es heisst jetzt ja ‹Bad Zurzach›.» Als hätte er Martin soeben entdeckt, wandte er sich an ihn. «Das Bad funktioniert auch ohne unsere Unterstützung. Dafür sorgen die Familienclans, die dort die Aktienmehrheit haben. Was sie wollen, kriegen sie. Jede Wette, auch der Golfplatz kommt durch. Mit oder ohne Paul Zimmermann.»

Als der Name fiel, legte sich eine andächtige Stille über die Gruppe. Auf Gabis Gesicht zeichnete sich Mitgefühl ab, Rolf hingegen wirkte, als bereite ihm die Vorstellung von Paul Zimmermann, wie er in einer Gefängniszelle sass, Genugtuung. Bob runzelte verwirrt die Stirn.

«Du glaubst doch nicht im ernst, dass er schuldig ist?», fragte Gabi.

«Warum, weil er ein Zimmermann ist?», hielt ihr Rolf entgegen.

«Nein, weil Paul Zimmermann keiner Fliege etwas zuleide tun könnte, schon gar nicht seiner Schwester!»

«Du hast ihn nicht erlebt, als er sich mit den Bauern wegen dem Land für den Golfplatz gestritten hat. Ich sag dir eines: Wäre Huwyler eine Fliege gewesen, wäre er jetzt tot.»

«Huwyler ist ein sturer, verbitterter Trottel. Ihm geht es überhaupt nicht darum, die Landwirtschaft zu erhalten, er will einfach mehr Geld. Ihm traue ich übrigens einen Mord zu. Wenn er Paul Zimmermann schaden könnte, würde er über Leichen gehen.»

Vor Martins innerem Auge tauchte das Bild von Paul Zimmermann auf. Er sah seinen erschöpften Gesichtsausdruck, den unruhigen, aber gleichzeitig müden Blick. Erneut überkamen ihn Zweifel. Was, wenn er sich täuschte? Wenn ein möglicherweise unschuldiger Mann in Untersuchungshaft blieb, weil Martin sich von jemandem an der Nase herum führen liess, der mehr über Schlösser wusste als er? Bei der Vorstellung wurde ihm kalt.

Gab es weitere Ausgänge? Eine Dachluke, die niemand bemerkt hatte? Eine versteckte Tür? Martin nahm sich vor, das Haus ein letztes Mal zu besichtigen, bevor er sein Gutachten schrieb. Kay Gysin wäre nicht erfreut, doch Martin brachte es nicht über sich, Paul Zimmermann zu belasten, ohne sich zu vergewissern, dass niemand etwas übersehen hatte. Zu viel stand auf dem Spiel.

«Er arbeitet wieder», sagte Vera zu Bob. «Siehst du seine Augen? Dort, wo andere Pupillen haben, hat Martin zwei Schlüssel.»

Bob lachte, doch Martin gingen Veras Sprüche zu weit. So rasch, wie er gekommen war, verliess er die Quellen-Bar wieder. Erst als er das Kurhotel hinter sich gelassen hatte, atmete er tief durch. Die Nachtluft war schwer, angereichert mit dem intensiven Duft von Lerchensporn. Von der Terrasse des Restaurants drang sanftes Lachen. Einige Spaziergänger schlenderten die Quellenstrasse hinunter, auf dem Weg zurück ins Hotel oder einfach nur die Stille geniessend.

Hinter sich vernahm Martin Schritte. Als er über die Schulter blickte, erkannte er Rolf, der langsam auf ihn zukam, beide Hände in den Hosentaschen vergraben.

«Frauen und Alkohol passen nicht zusammen», sinnierte der Musiker. «Frauen und Männer auch nicht», fügte er nach einem Moment hinzu.

Als sich Martin wieder in Bewegung setzte, holte Rolf ein Päckchen Zigaretten hervor. Er klopfte auf die Unterseite und hielt Martin das Päckchen hin.

«Ich rauche nicht.»

Mit den Zähnen zog Rolf die Zigarette heraus. Martin hörte ein Klicken, dann leuchtete Rolfs hageres Gesicht kurz in der Flamme auf. Schweigend gingen sie weiter. In der Ferne hörten sie den Zug nach Koblenz.

«Ist es für euch das Ende des Anfangs oder der Anfang vom Ende?», fragte Rolf.

Martin fuhr sich mit der Hand durchs Haar. Er konnte nicht mehr genau sagen, wann ihre Probleme begonnen hatten. Irgendwann aber hatten sie die Oberhand gewonnen. Veras Ausrutscher mit einem ehemaligen Arbeitskollegen war nicht die Ursache der Probleme, er hatte Martin lediglich die Augen geöffnet. Der Anfang vom Ende lag weiter zurück. So weit, dass Martin den Weg gar nicht mehr zurückverfolgen konnte.

Das Ende des Endes, dachte er. Als er den Gedanken aussprach, war Martin klar, dass er den Tatsachen entsprach. Bis jetzt hatte er gehofft, irgendwie eine Lösung zu finden. Doch irgendwann hatte er innerlich abgeschlossen, ohne es zu merken. Er zuckte mit den Schultern.

«Immerhin. Ich hatte nicht mal einen Anfang.» Rolf seufzte. «Ich glaube, man liebt nur einmal im Leben. Ich habe meine Chance verkifft.»

Martin schwieg.

«Sie hielt nichts von Drogen», fuhr Rolf fort. «Es gab eine Zeit, da hätte ich alles hingeschmissen für sie. Meine Musik, die Kollegen, die sie nicht mochte, meinen Lebensstil. Ich bin überzeugt, dass ich es geschafft hätte. Wäre nicht Paul gewesen.»

«Paul Zimmermann?»

«Er hielt mich für einen Nichtsnutz. Behauptete, ich sei nur hinter Verenas Vermögen her. Als hätte mich Geld je interessiert. Weisst du, Martin, Liebe hat nichts mit Geld zu tun. Verena wusste das. Aber schliesslich gelang es Paul, sie auf seine Seite zu ziehen. Mir hat sie natürlich gesagt, wir seien zu verschieden. Aber ich weiss, dass Paul dahinter steckte.»

Sie waren im Kurpark angekommen, wo sich nur noch einige Jugendliche aufhielten. Ganz unerwartet setzte sich

Rolf auf eine Bank. Aus der Hosentasche klaubte er ein Taschentuch.

«Du warst das, in der Kirche», stellte Martin fest. «Du hast eine Kerze für Verena angezündet.»

Rolf wischte sich eine Träne weg und putzte sich die Nase. «Der Alkohol macht mich sentimental. Ich dachte immer, ich würde vor ihr sterben. Mit meinem Lebensstil. Aber offenbar hat Verena auch Fehler gemacht.»

«Wie kommst du darauf?»

Rolf seufzte. «Gabi hat recht, so ungern ich es zugebe. Paul ist kein Mörder. Ein arroganter Mistkerl vielleicht, aber kein Mörder. Also hat jemand anders Verena getötet, oder?»

«Hast du einen Verdacht?»

Rolf schüttelte den Kopf. «Jahrelang habe ich ihr den Hof gemacht. Irgendwann habe ich eingesehen, dass es zwecklos ist. Die letzten zwanzig Jahre hatten wir kaum miteinander zu tun. Ich weiss nicht, mit wem sie verkehrte, ausser dem Pfarrer und den Mitgliedern der St. Verena Stiftung natürlich. Ehrlich gesagt, ist sie mir ein bisschen zu heilig geworden. Früher legte sie den Heiligenschein auch ab und zu mal ab. Vermutlich nennt man das Über-Identifikation.»

«Mit der Heiligen Verena?»

Rolf zuckte mit den Schultern. «Ich nehme es an. Aber vielleicht täusche ich mich.»

«Man hat Paul Zimmermann im abgeschlossenen Haus gefunden. Neben der Leiche.»

«Ich weiss.»

Martin legte den Kopf in den Nacken. Über dem Bäderbezirk leuchteten die Lichter des Panorama-Restaurants. Auf einmal hatte er Lust zu baden, doch nicht im Thermalbad, sondern im Rhein. Er stellte sich vor, wie er sich von der Strömung mitreissen liesse, das Gesicht zum Sternenhimmel gerichtet. Irgendwo würde er ans Ufer geschwemmt, vielleicht auf der Schweizer Seite, vielleicht auch in Deutschland. Würde er sein Leben anders leben, wenn er von vorne anfangen könnte? Jeden Schritt hatte er immer genau geplant, Entscheidungen gut abgewogen, Impulse unterdrückt. Wo wäre er heute, wenn er ihnen nachgegeben hätte? Wäre er der Mann, den Vera sich wünschte? Vermutlich nicht, dachte er. Vera hatte bei ihm Sicherheit gesucht. Seine Ruhe und Verlässlichkeit hatten sie zu Beginn angezogen. Er war die Boje gewesen, an die sie sich geklammert hatte, wenn sie unterzugehen drohte. Irgendwann hatte sich das geändert. Was sie heute suchte, wusste sie vermutlich selbst nicht. Doch er hinderte sie daran, es zu finden.

Im Hotel setzte sich Martin auf die Terrasse, wo er dem Geplätscher des Brunnens lauschte. Er bestellte ein Bier und vertiefte sich in den Anblick der Gäste. Einige der Stammgäste schienen sich zu kennen. Sie begrüssten sich wie alte Freunde. Zwei Frauen am Tisch nebenan wirkten fast zu jung, um ohne Eltern Ferien zu machen. Ich werde alt, dachte Martin. Plötzlich empfand er Mitleid mit sich selbst. Er betrachtete das Paar, über das sich Vera im Solebad lustig gemacht hatte, und fragte sich, ob die zwei ihr ganzes Leben zusammen verbracht hatten. Sich im Alter an eine gemeinsame Vergangenheit zu erinnern, erschien ihm tröstlich. Sein halbes Leben hatte er bereits hinter sich, wenn er davon ausging, dass er das Durchschnittsalter eines Schweizer Mannes erreichte. Sollte er wieder eine Partnerin finden, so würden sie nur auf die halbe Vergangenheit zurückblicken können. Er stellte sich Kay Gysin vor und überlegte sich, wie ihr Ehepartner wohl aussah. Gross, vermutlich, und attraktiv. Bestimmt strahlte er Autorität aus. Martin glaubte nicht, dass sich Kay Gysin mit einem schwachen Mann zufrieden gab. Er hatte sie fragen wollen, woher der Name Kay stammte, doch ihr Gespräch hatte sich ausschliesslich um Berufliches gedreht.

Er bemerkte Vera erst, als sie sich ihm gegenüber setzte. Sie bestellte einen Espresso, verschränkte die Hände unter dem Kinn und befeuchtete die Lippen. Für einmal schienen aber auch ihr die Worte ausgegangen zu sein. Als der Kellner den Espresso brachte, hob Martin sein Bierglas.

«Prost», sagte er.

«Wir müssen reden.»

«Ja.»

Doch keiner machte den ersten Schritt. Erst als sie im Bett lagen, wo die Dunkelheit sie schützte, sprach Vera die Worte aus.

«Es ist vorbei, nicht wahr?»

Martin zog sie in seine Arme. Als hoffte er, seine Gefühle für Vera würden sich wieder einstellen, wenn er sie nur spürte. Doch es kam lediglich Wehmut in ihm auf.

«Gönnen wir uns diese zwei Tage noch?», bat Vera. «Ich… brauche dich. Ich kann nicht alleine Schluss machen. Ich meine…»

Martin wusste genau, was sie meinte. Als sich Vera an ihn schmiegte, ging die Wehmut langsam in Traurigkeit über.

Als er erwachte, war das Bett neben ihm leer. Sein Herz setzte einen Schlag aus. War sie doch abgereist? Ohne sich zu verabschieden? Sein Blick fiel auf ihren Koffer, der genau so da lag wie am Vortag. Erst dann bemerkte er die offene Balkontür.

Sie lag auf dem Liegestuhl, den Blick in die Ferne gerichtet. Als sie ihm den Kopf zudrehte, sah er, dass sie geweint hatte.

«Ich würde gerne auf den Achenberg wandern.» Sie zeigte auf einen bewaldeten Hügel im Süden Bad Zurzachs. «Magst du?»

«Klar. Soll ich uns eine Karte besorgen?»

Vera lächelte. «Ich glaube nicht, dass wir uns verlaufen werden.»

Martin holte Luft, um zu widersprechen, sagte dann aber nichts. Ihre unterschiedliche Art, eine Wanderung anzugehen, hatte in der Vergangenheit oft zu Streit geführt. Während er im Voraus die Karte studierte, um die ideale Route auszutüfteln, liess sich Vera lieber vor Ort inspirieren. Erst dort sehe sie, welcher Weg sie anspreche, meinte sie. Martins Einwand, das sei auch aus einer Karte ersichtlich, hatte sie nie gelten lassen. Für sie hatten die Höhenkurven, die unterschiedlichen Schattierungen und Markierungen keine Bedeutung. So wenig wie die Wandertafeln für ihn, die mit nichts anderem als mit ungenauen Zeitangaben beschriftet waren.

Während er duschte, fragte er sich, ob sie zu Beginn ihrer Beziehung die Unterschiede ausgeblendet hatten oder einfach besser damit zurecht gekommen waren. Er dachte an Rolf, der sich wenigstens einen Anfang gewünscht hatte. Aus dem, was Martin über Verena Zimmermann erfahren hatte, schloss er, dass die Beziehung zwischen Rolf und ihr vermutlich genau so zum Scheitern verurteilt gewesen wäre wie seine eigene es mit Vera war. Ausser, Verena Zimmermann hätte sich an Rolfs Seite anders entwickelt. Dass Rolf zu einem Heiligen geworden wäre, bezweifelte Martin aber.

Unterwegs erzählte Martin vom Gespräch.

«Ich habe mir gedacht, dass er der Mann mit der Kerze war», erklärte Vera. «Deshalb bin ich gestern zu ihm hingegangen.»

«Weiss Kay Gysin davon? Wurde er befragt?»

«Ich glaube nicht. Willst du es melden?»

«Ich muss sowieso noch ...» Martin zögerte.

«Du bist noch nicht fertig?»

«Ich möchte mir die Türen ein letztes Mal vor Ort ansehen», antwortete Martin mit schlechtem Gewissen.

«Darf ich mitkommen?»

Martin nahm ihre Hand. «Natürlich.»

Auf dem Achenberg setzten sie sich in ein Gartenrestaurant, das einem Bauernhof angegliedert war. Trotz der idyllischen Lage sassen nur wenige Ausflügler unter dem grossen Kastanienbaum. Martin stellte sich vor, wie viele Besucher ein vergleichbarer Betrieb in der Region Zürich anzöge. Zum erstenmal fragte er sich, wohin er ziehen würde, wenn er Thalwil verliess. Keinen Augenblick zweifelte er daran, dass Vera in der Wohnung bliebe, nicht er. Warum eigentlich nicht in den Aargau?, dachte er, während sein Blick über die umliegenden Wälder glitt. Ein Hauskauf kam für ihn zwar erst in Frage, wenn seine Zukunft konkrete Formen annahm, aber er könnte sich auch etwas mieten.

Zwei Reiterinnen setzten sich auf eine Festbank, die Zügel ihrer Pferde in der Hand haltend. Kurz darauf wurde am Waldrand ein italienisches Lied angestimmt.

«Dort oben steht die Loretokapelle», erklärte Vera. «Das habe ich in der Broschüre über die Zurzacher Wege gelesen.» Als sie sah, dass Martin nicht wusste, wovon sie sprach, erklärte sie: «Es gibt hier verschiedene Wege für Touristen: die Kunst- und Häuserwege in Bad Zurzach selbst, den Naturweg und den Waldweg, dann irgend etwas für Familien oder so und eben die historischen Wege. Früher wurde die Ware für die Messe über den Achenberg nach Zurzach gekarrt. Das war eine wichtige Handelsstrasse zwischen dem Mittelland und dem Rhein. Die Wege wurden auf Karten nachgezeichnet, damit man sie sozusagen in der Phantasie wieder aufleben lassen kann. Es gibt verschiedene Broschüren dazu, welche die geschichtlichen Hintergründe erläutern. In einer steht, die Loretokapelle sei eine Kopie der italienischen Casa Santa. Sie ist eine Wallfahrtskapelle.» Vera schob ihren Stuhl zurück. «Hast du etwas dagegen, wenn ich sie mir kurz ansehe?»

Bevor Martin widersprechen konnte, war sie schon weg. Als eine Serviceangestellte die Getränke brachte, erklang von der Anhöhe ein neues Lied.

«Das ist die katholische Kirchgemeinde von Bülach», erklärte die junge Frau, Mineralwasser einschenkend. «Sie haben dort ihren Gottesdienst abgehalten und grillen nun. Das machen sie jedes Jahr.»

Martin stellte sich darauf ein, länger auf Vera zu warten. Als Polizistin kam sie in Bülach mit vielen Menschen in Kontakt. Bestimmt kannte sie einige Kirchgemeindemitglieder. Er nahm einen Schluck Wasser und schloss die Augen. Am Nebentisch wurde eifrig diskutiert. Als Martin das Wort «Mord» hörte, horchte er auf. Es überraschte ihn nicht, dass das Tötungsdelikt in Bad Zurzach für Gesprächstoff sorgte. Schliesslich kam es nicht oft vor, dass ein Verbrechen vor der eigenen Haustür geschah.

Die Runde gab sich wilden Spekulationen hin. Als eine Frau mit heiserer Stimme die Vermutung äusserte, Verena Zimmermann habe übernatürliche Kräfte gehabt, schmunzelte Martin.

«Dass Vreni übernatürliche Kräfte hatte, ist etwa so wahrscheinlich wie die Geschichte mit dem unbekannten Deusser-Bild», brummte ein Mann.

«Das Bild existiert! Sie hat gesagt, es sei eines seiner schönsten expressionistischen Werke. Und, nenn sie nicht Vreni. Du weisst, dass sie die Abkürzung nicht mochte.»

«Vreni mochte vieles nicht. Kein Wunder, hatte Paul genug von ihrem Gemotze. Ich hätte ihr schon längst eins über die Rübe gezogen. So heilig, wie sie sich gab, war sie nicht.»

«Was weisst du schon von Verena?»

Eine dritte Stimme mischte sich ins Gespräch ein. «Wenn ihr mich fragt, war sie einfach nur einsam. Ihren Vater zu pflegen war zwar sicher nicht leicht, aber es hat ihrem Leben wenigstens einen Sinn gegeben. Plötzlich hatte sie überhaupt niemanden mehr.»

Martin öffnete die Augen gerade weit genug, um zu erkennen, dass die Stimme einer molligen Frau drei Meter neben ihm gehörte.

«Sie hat immer das gemacht, was alle von ihr verlangten», fuhr die Frau fort. «Paul war auch froh, dass Johann nicht in ein Pflegeheim musste. Er hätte sich wohl kaum um ihn kümmern können. Ich finde, wenigstens das Haus stand Verena nach seinem Tod zu.»

«Dann hätte sie Paul umbringen müssen, nicht umgekehrt», wandte der Mann in sarkastischem Tonfall ein.

«Stell dir vor, wen ich getroffen habe!», rief Vera plötzlich neben Martin. «Erinnerst du dich an den Rammbock-Einbrecher? Er ist wieder draussen. In der Strafanstalt hat er offenbar Gott entdeckt. Nun ist er ein aktives Mitglied der Kirchgemeinde! Sein Sohn war auch dabei. Er hat mir damals doch so leid getan, weisst du noch?»

Martin blinzelte verwirrt.

«Er war doch dabei, als ich seinen Vater verhaftet habe!»

«Richtig, ich erinnere mich.» Martin richtete sich auf. «Gehen wir weiter? Oder willst du dich noch eine Weile hinsetzen?»

Vera leerte ihr Glas im Stehen. «Gehen wir.»

«Ich muss nur noch kurz aufs Klo», erwiderte Martin.

Ein massiger Hund versperrte den Eingang zur Toilette. Er machte keinen Wank, als Martin in die Hände klatschte. Schliesslich kam die Wirtin herbei, griff nach zwei Pfoten und zog ihn zur Seite.

«Max fürchtet sich vor Gewitter», erklärte sie.

Erst jetzt fielen Martin die dunklen Wolken auf, die sich über dem Rhein zusammenbrauten. Er vertagte den Toilettenbesuch und bezahlte die Getränke. Vera schaute bereits unruhig zum Himmel. Die Blätter des Kastanienbaums rauschten bedrohlich. Eine Getränkeflasche kippte um und rollte vom Tisch.

Martin nahm Veras Hand. «Joggen wir?»

Sie nahm die Sonnenbrille vom Kopf und nickte. Gemeinsam rannten sie auf den Waldrand zu. Sie hatten die Hälfte der Strecke bereits hinter sich, als die ersten Tropfen fielen. Ein Blitz erhellte den inzwischen dunkelvioletten Himmel. Der Weg führte steil den Berg hinunter, so dass sie sich konzentrieren mussten, um nicht zu stolpern. Die ersten Häuser des Oberfleckens tauchten vor ihnen auf, als ein kräftiger Donnerschlag Vera zusammenzucken liess. Sie verlor das Gleichgewicht und knickte ein. Martin gelang es in letzter Sekunde, sie aufzufangen. Keuchend hielt sie sich an ihm fest, ihr Herzschlag fühlte sich an seiner Brust wie das Klopfen eines Hammers an. Der Geruch von feuchtem, warmem Asphalt stieg ihm in die Nase.

In diesem Moment beschlossen die Wolken, sich genau über ihnen zu entleeren. Innerhalb von Sekunden waren beide so nass, dass sie sich nicht mehr nach einem schützenden Dach umzusehen brauchten. Vera begann, laut zu lachen. Als Martin einstimmte, fragte er sich, wer ihm in Zukunft die Augen für die humorvollen Seiten des Lebens öffnen würde.

5.

Das Haus der Zimmermanns roch noch schlimmer als bei seinem letzten Besuch, dachte Martin, die Treppe hochsteigend. Am liebsten hätte er alle Fenster aufgerissen, um frische Luft hereinzulassen. Draussen schimmerten die feuchten Dächer in der Sonne. Der Regen hatte so schnell aufgehört, wie er angefangen hatte. Nur die nassen Kleider, die sie im Hotelzimmer aufgehängt hatten, zeugten von der Heftigkeit des Gewitters. Im ausgebauten Dachstock nahm Martin zwei Kohlefilter hervor. Einen reichte er Vera. Hier oben war der Gestank am schlimmsten.

Kay Gysin hatte sofort zugestimmt, als er darum gebeten hatte, die Türen ein letztes Mal begutachten zu können. Am Telefon hatte er ihr zudem von Rolf und seinen Kollegen erzählt. Dass der Musiker Verena vor über zwanzig Jahren geliebt hatte, war ihr nicht neu. Offenbar hatte sie die Geschichte bei den Personenbefragungen immer wieder gehört.

Auch über die Wut von Bauer Huwyler wusste sie Bescheid. Sie richtete sich nicht nur gegen Paul Zimmermann, sondern gegen alle Befürworter des geplanten Golfplatzes. Das Projekt war bereits in den Achtzigerjahren diskutiert worden. Damals hatte die Bevölkerung die dazu nötige Nutzungsplanungsänderung an der Urne abgelehnt. Seither hatte es immer wieder Einzelinitiativen gegeben, die alle das Ziel verfolgt hatten, doch noch eine Umzonung zu erwirken. Anfang 2000 wurde die Arbeitsgemeinschaft Golfplatz gegründet und das Projekt noch einmal angegangen.

Benötigt wurden insgesamt rund 50 Hektaren Land. 34 Hektaren gehörten der Thermalquelle AG, es fehlten also nur noch zirka 16 Hektaren. Viele Bauern wollten kein Land abgeben, da der Bund sie mit Direktzahlungen unterstützte, die sich nach der Grösse der bewirtschafteten Fläche richteten. Hauptsächlich verlangten die Landwirte jedoch eine faire Behandlung und eine gleichwertige Alternative, falls der Golfplatz schliesslich doch nicht zustande käme. Huwyler gehörte zu den stärksten Gegnern des Golfplatzes. Er schaffte es, Sympathien in der Bevölkerung zu wecken, indem er seinen Widerstand gegen das Projekt mit dem biblischen Kampf Davids gegen Goliaths verglich.

Dass jemand Paul Zimmermann absichtlich belasten wollte, hatte Kay Gysin von Anfang an in Betracht gezogen. Da aber niemand Zugang zum Tatort gehabt hatte, wehrte sich der Bezirksamtmann gegen Ermittlungen in diese Richtung. Martin hatte Kay Gysin angemerkt, dass sie darüber empört war.

«Ist das ein Deusser-Bild?», unterbrach Vera seine Gedanken. Sie zeigte auf ein Gemälde, das über dem Sofa der Zimmermanns hing. Darauf war ein Sommergarten abgebildet. «Sieht fast ein wenig aus wie Van Gogh.»

«Schon möglich», antwortete Martin. «Johann Zimmermann war vermögend. Nachdrucke hätte er kaum aufhängt.»

«Was denkst du, wie viel ist solch ein Bild wert?»

«Das müsstest du diesen Brem von der Deusser-Stiftung fragen.»

Veras Blick wanderte zum Blut auf dem Holzboden. Martin ging in die Hocke und zeigte ihr die Aussparung, die ihm Kopfzerbrechen bereitete. Obwohl er kein Spezialist für Blutspurenbilder war, kam ihm der fehlende Spickel unnatürlich vor. Gerne hätte er einen Kollegen der Sektion

Biologie und Mikrospuren um seine Meinung gebeten, doch er wollte den Aargauern nicht zu verstehen geben, dass er ihr Fachwissen in Frage stellte.

Vera konnte seine Zweifel offenbar nachvollziehen. «Hat der Aargau einen Spezialisten, der Blutspurenbilder interpretieren kann?»

«Ich weiss es nicht. Aber so, wie ich Kay Gysin einschätze, hätte man nicht gezögert, den WD hinzuzuziehen, wenn es den eigenen Kriminaltechnikern an Erfahrung fehlen würde.»

«Wie weit ist euer Projekt eigentlich?»

Der Wissenschaftliche Dienst Zürich befasste sich mit einer Vermessungstechnik, bei der nicht die detailgetreue Nachbildung eines Raumes im Vordergrund stand, sondern die Erstellung eines 3D-Modells. Dazu wurden die Blutspuren fotografiert und ins Modell integriert. Im Modell waren so ganze Blutspritzer erkennbar statt lediglich einzelne Punkte. Wenn nötig, konnten Auftreffwinkel und Herkunft des Blutes sogar visualisiert werden.

«Analyseprogramme sind nützlich, aber sie ersetzen die Arbeit am Tatort nicht. Es braucht in erster Linie Sachbearbeiter mit viel Erfahrung, wie überall.» Martin bückte sich über einige Blutspritzer vor der Kommode, an die Paul Zimmermann mit dem Kopf gestossen war. «Mir gefallen die Auftreffwinkel nicht. Schau mal, hier zum Beispiel: Wenn Paul Zimmermann mit dem Hinterkopf auf diese Kante gefallen war, müsste er in die gleiche Richtung weiter gestürzt sein. Aber das Blut traf seitlich auf den Boden auf. Ausserdem müsste sich eine grössere Konzentration von Spritzern an den Schubladen befinden.»

«Was willst du damit sagen?»

«Irgendetwas übersehen wir.» Er ging zur krugförmigen Lache, über die er sich bereits bei der ersten Besichtigung den Kopf zerbrochen hatte. «Siehst du diesen Bogen? Er ist nicht ganz rund.»

«Die Aussparung könnte von einem Gegenstand stammen, der am Boden lag», überlegte Vera laut. «Das würde bedeuten, dass etwas verändert wurde.»

«Genau das habe ich mir auch gedacht. Ich habe Paul Zimmermann gefragt, ob ihm etwas am Boden aufgefallen sei. Er bestreitet es. Da lag nichts. Auch auf den Fotos habe ich nichts gesehen.»

«Dann verheimlicht Zimmermann etwas. Vielleicht hat er den Gegenstand eingesteckt, bevor die Polizei eintraf.»

«Warum? Was könnte ihn noch stärker belasten? Er ist der einzige Verdächtige.» Martin stand auf. «Er trug ausser seiner Brieftasche nichts auf sich, als ihn die Polizei durchsuchte. Und dass er hier im Wohnzimmer etwas versteckt hat, halte ich für unwahrscheinlich. Das ganze Haus wurde gründlich durchsucht. Zudem hätte er sich nicht bewegen können, ohne Spuren zu hinterlassen.»

Vera drehte sich um die eigene Achse, genauso ratlos wie er. Gemeinsam überprüften sie die Fenster im Wohnzimmer, ohne grosse Hoffnung, Neues zu entdecken. Davon, dass die Aargauer Kriminaltechniker gründlich vorgegangen waren, zeugten Reste von Pulver an Scheiben, Rahmen und Griffen. Trotzdem lehnte sich Vera aus beiden Fenstern, um sich zu vergewissern, dass der Täter nicht über das Dach hätte fliehen können. Auch wenn er ein geübter Kletterer gewesen wäre, keines der Fenster liess sich von aussen verschliessen. Also hätte es offenstehen müssen, als die Polizei eingetroffen war.

Verena Zimmermanns Schlafzimmer befand sich einen Stock tiefer, neben dem ihres verstorbenen Vaters. Während Martin dort die Fenster ebenfalls überprüfte, öffnete Vera alle Schubladen und Schränke.

«Die persönlichen Gegenstände wurden mitgenommen», sagte Martin. «Du wirst nichts finden.»

«Wer weiss, wir sind schliesslich im Aargau», grinste sie.

Martin erwiderte ihr Lachen nicht. «Was willst du damit sagen?»

Sie zuckte mit den Schultern. «Provinz halt.»

Martin rief sich Kay Gysins Professionalität in Erinnerung und unterdrückte einen bissigen Kommentar. Er wusste, dass Vera oft schneller redete, als sie dachte. Deshalb versuchte er, ihre verletzenden Bemerkungen nicht zu ernst zu nehmen. Doch seine frühere Gelassenheit war einer Gereiztheit gewichen, die ihm das Schweigen immer schwerer machte.

Vera stöhnte. «Schau nicht so! Sorry, ich weiss, dass es dir hier gefällt. Ich sag nichts mehr. Hast du dir eigentlich schon darüber Gedanken gemacht, wo du hinziehen wirst?»

Diesmal konnte Martin den Mund nicht halten. «Ich glaube, ich bleibe in Thalwil.»

Vera erstarrte. «In meiner Wohnung? Das ist ein Scherz, oder?»

«Deine Wohnung?»

«Ich wollte sagen …»

Martin seufzte. «Ich weiss noch nicht, wo ich hinziehen werde. Vielleicht tatsächlich in den Aargau. Da würde ich deiner Meinung nach hinpassen, oder?»

«So habe ich das nicht gemeint. Ich meine, der Aargau ist … nett.» Sie nahm einen geblümten Rock aus dem Schrank. «Trägt man hier tatsächlich so etwas?»

Kopfschüttelnd verliess Martin das Zimmer.

Auch im Erdgeschoss fand er keine Fenster, die von aussen verschlossen werden konnten. Hier wäre es am einfachsten gewesen, ungesehen das Haus zu verlassen. Ein hoher Hibiskusstrauch schirmte es gegen die Blicke der Nachbarn ab; vis-à-vis befanden sich Bibliothek und Ludothek, die zur Tatzeit geschlossen gewesen waren. Im Protokoll hatte Martin gelesen, dass die Fenster im Erdgeschoss vor zwei Jahren ersetzt worden waren.

Er öffnete die Küchentür. Der Chromstahl glänzte, das Geschirrgitter war leergeräumt. Martin entdeckte weder Krümel auf der Ablage noch Kochspuren am Herd. Die Lebensmittel im Kühlschrank waren alle ins Labor gebracht worden, genauso der Abfallsack. An der Wand fiel Martin ein rechteckiger, heller Fleck auf, wo über längere Zeit hinweg etwas gehangen hatte. Ein Kalender, vermutete er. Kay Gysin hatte ihn bestimmt mitgenommen.

Vera war ihm gefolgt und schaute zu, wie er mit den Fingern den Fensterrahmen abtastete. Als er den Kopf schüttelte, zeigte sie zur Treppe, die in den Keller führte.

«Dort unten ist eine weitere Tür, die ins Freie führt, oder?», fragte sie.

«Ja, mit einem Schieberiegel. Aber dieser kann von aussen nicht zugeschoben werden.»

Vera stiess die Tür zum Keller auf; sie quietschte laut. Gemeinsam stiegen sie ins Untergeschoss. Auf der rechten Seite befand sich die Waschküche, deren einziges Fenster vergittert war. Daneben lag ein Werkraum ohne Tageslicht. Offenbar war er schon lange nicht mehr benutzt worden. Eine Staubschicht überzog die Werkbank, an der Holzwand dahinter hingen lediglich einige Schraubenzieher und ein Hammer. Martin stellte sich vor, was er mit so viel Platz anfangen könnte. Seine eigenen Werkzeuge füllten mehrere Kisten, die er im schmalen Kellerabteil, das ihm zur Verfügung stand, aufeinander gestapelt hatte.

Vera stand bereits vor der Tür, die in den Garten der Zimmermanns hinaus führte. Der Schlüssel, den Martin vorgestern untersucht hatte, steckte wieder im Schloss. Darunter befand sich ein vorgeschobener Eisenriegel, wie er an vielen alten Holztüren anzutreffen ist.

«Die Tür war zwar nicht mit dem Schlüssel verschlossen gewesen, als man Verena Zimmermann fand, aber den Riegel hatte jemand vorgeschoben», erklärte Martin. «Und das ist nur von innen möglich.»

Vera bückte sich, um den Riegel genauer zu betrachten. «Darf ich den Schieber anfassen?»

«Ja, alle Fingerabdrücke wurden bereits abgenommen.»

Mit Daumen und Zeigefinger schob Vera den Riegel hin und her. Er glitt geräuschlos in die vorgesehene Halterung.

Als sich Vera umsah, runzelte Martin die Stirn. «Was suchst du?»

«Hast du eine Schnur?»

«Eine normale Schnur?»

«Oder einen dicken Faden, irgendetwas in der Art.»

Martin ging in den Werkraum und kam mit einer Packschnur zurück.

«Ein bisschen dick, aber vielleicht funktioniert es.» Vera zog einen Meter Schnur aus der Öffnung in der Mitte der Rolle und hielt sie Martin hin.

Aus der Hosentasche holte Martin ein Messer. «Hier?»

«Egal. Schneid einfach.»

Mit dem Schnurstück in der Hand ging Vera vor der Kellertür in die Knie. Sie öffnete sie einen Spalt und formte anschliessend eine Schlaufe, die sie um den Schieber legte und spannte, indem sie an beiden Enden der Schnur zog. Während sie die Enden mit den Fingern festhielt, schlüpfte sie durch den Spalt hinaus in den Garten. Anschliessend zog sie die Tür vorsichtig zu, ohne die gespannte Schnur loszulassen. Von innen war nur noch die Schlaufe am Schieber sichtbar.

Martins Mund wurde trocken, als er merkte, wie Vera vorsichtig an der Schnur zog. Mit kleinen Rucken schaffte sie es, den Schieber in Bewegung zu setzen. Sprachlos beobachtete Martin, wie sich ein Ende der Schnur lockerte und langsam durch den Türspalt verschwand.

Die Tür war verschlossen.

Von aussen.

Zehn Minuten später stand Valentin Feurer in der Waschküche. Er trug helle Leinenhosen und ein Poloshirt. Offenbar hatte er nicht mit einem Arbeitseinsatz gerechnet, doch Kay Gysin war verhindert gewesen. Auf dem Gesicht des Bezirksamtmanns lag ein Ausdruck, der an Entsetzen grenzte.

«Wie ist das möglich?», fragte er Martin. «Mindestens zehn Personen haben sich die Türen angeschaut! Und warum mussten Sie zuerst alle Schlösser zerstören, bevor Sie diesen Trick mit der Schnur ausprobiert haben?»

Martin spürte, wie ihm die Röte ins Gesicht stieg. «Ich hielt es für unmöglich, dass jemand den Riegel von aussen zuschieben könnte.»

«Unmöglich? Sie sind der Spezialist! Wozu haben wir Sie engagiert?» Feurer ging im Keller auf und ab. «Wie sind Sie überhaupt auf die Idee mit der Schnur gekommen?»

«Ich habe den Riegel ausprobiert», erklärte Vera. «Da fiel mir auf, dass er frisch geölt war. Schauen Sie sich doch um! Der Keller wurde kaum benützt. Die Tür, die von der Küche aus in den Keller führt, quietscht laut. Aber diesen Riegel hier hat jemand geölt. Warum? Offensichtlich nicht, weil ihn der Lärm störte.»

Martin verschwand im Werkraum und kam kurz darauf mit einer kleinen Flasche Kettenöl zurück. Feurer packte sie wortlos ein. Anschliessend verabschiedete er sich mit einem vorwurfsvollen Blick in Martins Richtung.

«Das Gutachten brauchen wir trotzdem», sagte der Bezirksamtmann, während er sich entfernte.

Lange Zeit stand Martin reglos da. Dass ihn sein Gefühl nicht getäuscht hatte, war ein schwacher Trost. Die Tragweite eines Fehlers in einer Mordermittlung wurde ihm erneut bewusst. Sein Gutachten hätte Paul Zimmermann belastet. Streng genommen hatte er keinen Fehler begangen. Die Aargauer hatten ihn beauftragt, die Schlösser zu untersuchen, um sicher zu gehen, dass sich niemand ohne Schlüssel Zutritt zum Haus verschafft hatte. Das hatte er erfolgreich getan. Trotzdem hätte sein Gutachten einen falschen Eindruck erweckt. Kay Gysin hätte daraus geschlossen, dass einzig Paul Zimmermann der Täter sein konnte.

Vera versuchte, Martins Schuldgefühle zu mindern, indem sie betonte, dass die Aargauer Kripo auf die Idee mit dem Riegel hätte kommen sollen. Martin dachte an die hervorragende Arbeit, die Kay Gysin geleistet hatte, und fragte sich, ob Valentin Feurer ihr nun Vorwürfe machen würde. Wie leicht übersah man doch eine Kleinigkeit. Auch ihm war das geölte Schloss nicht aussergewöhnlich vorgekommen.

«Hast du etwas dagegen, wenn ich eine Stunde in den Fitnessraum gehe?», fragte Martin. «Ich muss meine Gedanken sortieren.»

«Nimm die Sache nicht zu ernst», riet Vera. «Es ist unmöglich, immer an alles zu denken.»

Täuschte er sich, oder hörte Martin einen leisen Unterton von Stolz in ihrer Stimme? Empfand Vera insgeheim

Genugtuung, ihn auf seinem Fachgebiet übertrumpft zu haben? Sofort schämte er sich für den Gedanken. Sie waren vieles gewesen, aber nie Rivalen. Vera hatte nie einen Hehl aus ihrem Ehrgeiz gemacht. Doch sie baute ihr Selbstwertgefühl nicht auf den Fehlern von anderen auf.

Im Hotel zog sich Martin um und verschwand im Untergeschoss des Park-Hotels. Er hatte keine Lust auf den modernen Fitnessraum des Wellness Centers. Im Untergeschoss des Hotels trainierte niemand an den Geräten. Er setzte sich auf ein Indoorcycle und begann zu radeln. Im Nebenraum, der durch eine schwere, offenstehende Luftschutztür abgetrennt war, brannte Licht. Martin sah den Teil eines Billardtisches und einen Fussballkasten.

Seine Gedanken kreisten abwechselnd um Vera und um sein Gutachten. Insgeheim hatte er immer Zweifel gehegt, dass sie beim Kapitalverbrechen eingestellt würde. Sie war zu ungestüm, preschte zu schnell vor. Vielleicht brauchte es aber genau das, um gewohnte Denkmuster zu durchbrechen. Er erinnerte sich an die vielen Vorwürfe, die sie ihm im Laufe ihrer Beziehung gemacht hatte: Er sei durchschnittlich und phantasielos. Er gebe sich mit zu wenig zufrieden. Er lebe nicht.

Im Flur hörte er gedämpfte Schritte. Das Ehepaar, über das sich Vera lustig gemacht hatte, betrat langsam den Fitnessraum. Die Handgelenke des Mannes stachen wie dünne Äste aus den weiten Ärmeln seines Bademantels hervor. Steif bewegte er sich zu einem der Ledersessel in der Ecke des Raums und setzte sich. Der Blick des Mannes war auf den Boden gerichtet, doch die Frau lächelte Martin an. Vorsichtig bewegte sie sich auf die Gewichte zu. Sie nahm die leichteste Hantel aus der Halterung und brachte sie ihrem Mann. Anschliessend holte sie eine zweite. Während ihr Mann Gewichte hob, trainierte sie auf dem Velo. Die grossartigsten Leistungen waren für andere oft nicht sichtbar, dachte Martin.

Der Anblick der beiden erfüllte ihn mit Sehnsucht. Zwischen den Ehepartnern waren keine Worte nötig. Sie funktionierten wie ein Schloss mit dem dazu passenden Schlüssel. Vera und er hingegen waren wie ein Schliesszylinder und ein Aufsperrwerkzeug, dachte Martin. Er wischte sich mit dem Ärmel den Schweiss aus den Augen und drosselte sein Tempo, bis sich sein Puls wieder verlangsamte.

Bevor er den Fitnessraum verliess, streckte Martin den Kopf in den Billardraum. Offenbar wurde er benutzt, denn auf dem Billardtisch lagen einige Kugeln, und an der Wand stand ein Queue. Auf dem Rand des Fussballkastens lag ein Taschenbuch, das jemand liegengelassen hatte. Martin nahm den Roman in die Hand. Er enthielt einen Stempel des Hotels. Martin erinnerte sich, dass den Gästen im vierten Stock eine Bibliothek zur Verfügung stand. Während er sich überlegte, ob er das Buch an der Réception abgeben sollte, fiel ihm am unteren Rand ein von blossem Auge kaum wahrnehmbarer Fleck auf.

II

6.

Martin kniete neben dem krugförmigen Blutfleck. In der Hand hielt er das Taschenbuch, das er auf dem Fussballkasten des Park-Hotels gefunden hatte. Er legte es so hin, dass eine Ecke genau in den fehlenden Spickel passte. Die Laborresultate hatten ergeben, dass die Aussparung durch einen saugfähigen Gegenstand verursacht worden war, denn die Blutkonzentration am Rand des Flecks war niedriger als in der Mitte, vergleichbar mit dem Wasser am Ufer eines Sees, das seichter ist als in der Seemitte. Zudem hatten die Ausmessungen gezeigt, dass der Spickel rechtwinklig war, was von blossem Auge nicht sichtbar gewesen war.

«Das Blut auf dem Taschenbuch stammt von Verena Zimmermann», sagte Kay Gysin. Sie hatte Martin gebeten, sie im Haus der Zimmermanns zu treffen, damit er ihr demonstrierte, wie der Riegel der Kellertür mit einer Schnur vorgeschoben werden konnte.

«Hatte Verena Zimmermann das Buch ausgeliehen, oder trug es der Täter auf sich, als er herkam?», fragte Martin. Er wusste, dass Kay Gysin seine Frage nicht beantworten konnte, doch er wollte keine Stille aufkommen lassen. Dazu war ihm die Erinnerung an den Vorabend zu präsent. Schon beim Gedanken daran trat ihm der Schweiss auf die Stirn. Mit keiner Bemerkung hatte Kay Gysin die Szene in der «Waag» erwähnt. Doch als er ihr zur Begrüssung die Hand gereicht hatte, hatte sie den Bruchteil einer Sekunde gezögert, seinem Blick zu begegnen.

Kay Gysin blätterte in einem Laborbericht. «Das Blut auf der Kommode stammt tatsächlich von Paul Zimmermann.» Sie ging in die Hocke und zeigte auf einige Spritzer neben der krugförmigen Lache. «Aber auch das hier ist sein Blut.»

Martin runzelte die Stirn. «Die Auftreffwinkel deuten aber darauf hin, dass es aus einer Höhe von mindestens einem Meter auf den Boden tropfte.»

«Richtig. Und jetzt wird es richtig spannend: Auf der Holzplastik, mit der Verena Zimmermann erschlagen worden war, fand das Labor ebenfalls Blutspuren ihres Bruders.» Kay Gysin machte eine kurze Pause, um ihren Worten mehr Gewicht zu verleihen. «Jemand hat versucht, es abzuwaschen.» Sie reichte Martin ein Foto. «Weisst du, was ich glaube?»

«Ich kann es mir vorstellen.»

Kay Gysin nickte. «Spielst du es mit mir durch?»

«Klar», sagte Martin, erleichtert über den sachlichen Austausch. Er reichte ihr das Taschenbuch und stellte sich neben die Kommode, um die Rolle des Täters zu übernehmen. Mit der Hand griff er nach einer imaginären Holzstatue. Er machte damit drei Schritte auf Kay Gysin zu und hob den Arm, als wolle er sie erschlagen. Die Polizistin liess das Taschenbuch fallen und kniete sich hin.

«Verena Zimmermann kommt genau hierhin zu liegen», erklärte sie, auf die Kreidemarkierungen am Boden deutend. «Und dann hört der Täter, wie die Tür unten am Eingang geht. Sie ist nicht verschlossen. Wer immer Verena Zimmermann erschlagen hat: Sie hat den Täter gekannt und ihn ins Haus gelassen.»

Martin sah sich um. Das Zimmer bot keine Versteckmöglichkeiten. Er stellte sich neben den Eingang, den Rücken gegen die Wand gepresst. Kay Gysin verliess den Wohnraum und kam zur Tür wieder herein.

«Jetzt bin ich Paul Zimmermann», sagte sie. «Als erstes komme ich herein und sehe meine tote Schwester. Doch bevor ich begreife, was das Blut bedeutet, schlägst du von hinten mit der Holzplastik zu.» Wieder ging sie auf die

Knie, doch diesmal legte sie sich vorsichtig hin. Ihr Rock rutsche ihr dabei über die Knie. Die langen Haare, die sie zu einem lockeren Zopf geflochten hatte, legte sie über die Schulter.

Martin räusperte sich und zeigte auf eine Stelle einen halben Meter von der Kreidemarkierung entfernt. «Etwas weiter links. Näher bei den Blutspritzern.»

Kay Gysin rutschte nach links. «Hier liegt Paul Zimmermann also. Und jetzt hat unser Täter ein Problem.»

«Er geht nach unten, wo er als erstes die Haustür abschliesst. In der Küche wäscht er die Holzplastik», erzählte Martin die Geschichte weiter. «Dass Verena Zimmermann so ordentlich ist, kommt ihm gelegen. So fällt es später nicht auf, dass er das Waschbecken gründlich gereinigt hat. Mit der sauberen Statue kehrt er zurück und schlägt damit noch einmal auf Verena Zimmermann ein, damit wir ihr Blut dort vorfinden. Anschliessend legt er die Mordwaffe in die Hände ihres Bruders.»

«Aber wie lässt er den Schlag auf Paul Zimmermanns Kopf plausibel erscheinen?» Kay Gysin stand auf und wischte sich den Staub vom Rock. «Er sieht die Kommode und beschliesst, Pauls Verletzung als Unfall zu tarnen. Dazu muss er den Bewusstlosen aber verschieben. Er packt ihn, schleppt ihn zur Kommode, wo er ihn so weit hochhebt, dass seine Wunde die Ecke berührt. Dann lässt er ihn fallen.»

«Es ist dem Täter klar, dass niemand nach ihm suchen wird, wenn man das Haus verschlossen vorfindet. Deshalb überprüft er die Fenster, sieht aber, dass sie sich nicht von aussen schliessen lassen. Also geht er nach unten, um die Türen zu begutachten.»

«Das Buch nimmt er mit», unterbrach Kay Gysin. «Aber warum? Er hätte es liegenlassen können.»

Martin stellte sich die Bibliothek des Park-Hotels vor. Jeder Gast hatte Zugang. Die ausgeliehenen Bücher wurden nicht registriert. Womit belastete sich der Täter also? Plötzlich schlug er mit der Hand gegen die Stirn. «Er ist Gast im Park-Hotel!»

Kay Gysin dachte nach. «Möglich. Vielleicht hat sich Verena Zimmermann das Buch aber selbst dort beschafft.»

«Im Park-Hotel? Warum?»

«Ich weiss es nicht. Wir haben noch etwas ausgelassen: den Siegelring.»

Martin hatte ganz vergessen, dass man in Paul Zimmermanns Faust den Siegelring seines verstorbenen Vaters gefunden hatte. Wollte der Täter damit eine falsche Fährte legen? Der Polizei einen Grund für den Streit zwischen Paul Zimmermann und seiner Schwester liefern? Dass sie sich über die Aufteilung des Erbes nicht einig waren, konnten mehrere Leute bezeugen.

«Lass uns weitermachen», schlug Kay Gysin vor. «Der Täter geht also nach unten und überlegt, wie er das Haus verlassen könnte. Jetzt bist du dran.»

Gemeinsam stiegen sie die Treppe in den Keller hinunter. Aus dem Werkraum holte Martin die Schnur, mit der Vera den Riegel am Vortag zugezogen hatte. War es erst einen Tag her? Lag ihre Wanderung auf den Achenberg nur 24 Stunden zurück? Der Streit in der «Waag» sogar noch weniger lang?

Obwohl er nicht daran denken wollte, stiegen die Bilder wieder in ihm auf. Sie hatten es sich im Innenhof des Restaurants gemütlich gemacht. Vera war über den historischen Charme entzückt gewesen und hatte sich laut ausgemalt, wie die Kutscher früher ihre Pferde im Hof versorgt hatten. Die Temperaturen waren nach dem Gewitter zwar gesunken, doch mit einer Jacke über den Schultern konnten sie gut draussen sitzen. Der Kellner brachte ihnen französischen Rotwein, und Vera hob ihr Glas. Auf einmal wurde sie wehmütig.

«Auf dich und mich und die Wege, die wir einschlagen werden.»

Martin nahm ihre Hand. «Ich freue mich, dass wir so auseinandergehen können. Ich hoffe, wir werden weiterhin Freunde bleiben.»

Vera wischte sich lächelnd eine Träne aus dem Augenwinkel. «Weisst du, auch wenn es seltsam klingt, ich liebe dich immer noch.»

Bevor Martin etwas erwidern konnte, hörte er, wie der Kellner Gäste an einen Tisch hinter ihnen führte. Als er sich umdrehte, sah er Kay Gysin und Valentin Feurer mit einem etwa 10jährigen Mädchen Platz nehmen. Martin nickte ihnen zu und drehte sich wieder zu Vera, die etwas über versnobte Juristen brummte.

«Weisst du schon, was du essen möchtest?», versuchte Martin sie abzulenken. «Ich glaube, ich nehme Poulet mit Aprikosen.»

Vera blätterte in der Karte. «‹Zurzi-Gschlabber› klingt auch nicht schlecht», lachte sie. «Was mag das sein?»

Sie sollten es nicht mehr herausfinden. Immer wieder schaute Martin über die Schulter, bis ihm Vera zuflüsterte, er solle Feurer nicht so ernst nehmen. Offenbar glaubte sie, Martin mache sich Vorwürfe, weil nicht er auf die Idee mit der Schnur gekommen war.

«Was Feurer denkt, ist mir egal», erklärte Martin leise. «Aber die beiden sehen so vertraut miteinander aus.»

Vera sah ihn verwundert an. «Und? Wie soll eine Familie sonst aussehen?»

«Glaubst du, sie sind ein Paar?»

«Warum interessierst du dich für Feurers Familie? Klatsch ist sonst nicht so dein Ding.»

«Das ist Kay Gysin!»

«Wer?» Plötzlich begriff Vera. «Gysin? Der Sachbearbeiter, der die polizeilichen Ermittlungen leitet?»

«Nicht so laut! Polizistin», korrigierte er.

«Gysin ist eine Frau?»

«Vera!»

Ihre Stimme wurde immer lauter. «Du bist die ganze Zeit mit dieser Frau zusammen gewesen? Seit wir hier sind? Und hast mich glauben lassen, es sei ein Mann?»

Martin zog die Schultern hoch. Er hörte, wie das Mädchen hinter ihm fragte, was mit Vera los sei. Die Antwort verstand er nicht, denn Vera war aufgestanden und beschimpfte ihn weiter. Sie warf ihm vor, er sei gar nicht daran interessiert gewesen, ihre Beziehung zu kitten; sie nannte ihn einen Heuchler, Betrüger und mehr. Vieles mehr.

«Bist du sicher, dass es mit einer Schnur funktioniert?», holte Kay Gysin ihn in die Gegenwart zurück.

Martins Hände zitterten so stark, dass die Schnur immer wieder vom Riegel rutschte. Er schob die Bilder des Vorabends beiseite und versuchte es erneut. Endlich klappte es. Offensichtlich war der Täter um einiges entspannter gewesen, als er, Martin, es in Kay Gysins Gegenwart war, dachte er. Was das wohl über dessen Charakter aussagte? Immerhin hatte er unmittelbar zuvor einen Mord begangen.

Kay Gysin war in den Garten hinausgetreten, um sich umzusehen. Auch die Beete und der Rasen waren auf Spuren untersucht worden, doch vermutlich hatte der Täter den Steinweg nicht verlassen. Gefunden hatten die Kriminaltechniker jedenfalls nichts.

«Ich brauche eine Tasse Kaffee. Was ist mit dir? Ich habe weitere Laborresultate, falls sie dich interessieren.»

Martin folgte Kay Gysin die Hauptstrasse hinunter. Mehrere Lastwagen fuhren an ihm vorbei. «Ist die Strasse immer so stark befahren?»

«Morgens und abends. Bad Zurzach wartet seit Jahrzehnten auf eine Umfahrung. Sie ist in Planung. Der Verkehr von Osten nach Westen wird bereits durch einen Tunnel geführt. Wer aber ins Mittelland will, muss durch den Flecken hindurch. Warum? Überprüfst du Fluchtwege?»

«Wäre es aufgefallen, wenn ein unbekannter Wagen vor dem Haus der Zimmermanns parkiert hätte?»

«Bestimmt.»

Sie setzten sich ins Café Leutwyler, wo sie beide einen Espresso bestellten. Kay Gysin packte ihre Unterlagen aus und schob Martin die Laborberichte hin. Er fragte sich, warum sie ihn mit einbezog. Er war nur für das Gutachten zuständig. Naheliegender wäre, sie würde sich mit Valentin Feurer austauschen. Schliesslich führte er nicht nur die Untersuchung, sondern war auch ihr Mann. Diese Neuigkeit hatte Martin immer noch nicht verdaut. Zu schaffen machte ihm vor allem, dass Kay Gysin es ihm nicht erzählt hatte.

«Und?», fragte sie.

Martin blickte auf.

«Wie denkst du darüber?», bohrte sie nach.

Es dauerte einen Moment, bis Martin begriff, dass sie vom Laborbericht sprach. Er versuchte, den Sinn der Ziffern und Zahlen zu verstehen, doch er war blockiert.

«Warum hast du es mir nicht gesagt?», fragte er.

Kay Gysin leerte ihre Kaffeetasse. «Weil mein Privatleben nichts mit meiner Arbeit zu tun hat.»

«Warum nennst du dich Gysin?»

«Das ist mein Name!» Sie stellte ihre Tasse hin und seufzte. «Entschuldige. Es hat nichts mit dir zu tun.» Sie winkte der Kellnerin und bestellte einen weiteren Espresso. «Ich heisse Kay Gysin Feurer. Aber ich möchte nicht andauernd gefragt werden, ob ich mit Valentin Feurer verwandt bin. Dass wir auf dem gleichen Gebiet arbeiten, ist nicht immer einfach. Es kommt zum Glück selten vor, dass wir im selben Fall ermitteln.»

«Wie jetzt.»

Kay Gysin wich seinem Blick aus. «Ja. Wie jetzt.»

Martin konnte ihren Ton nicht deuten. Die Unsicherheit passte nicht zu ihr. Dann erinnerte er sich: Valentin Feurer hatte keinen Hehl daraus gemacht hatte, dass er Paul Zimmermann für schuldig hielt. Er schien den ganzen Fall so rasch als möglich abschliessen zu wollen, obwohl Kay Gysin von Anfang an gespürt hatte, dass sie etwas übersahen. Irgendetwas stimmte nicht zwischen ihr und Valentin Feurer. Als sich Martin in den Laborbericht vertiefte, wurde ihm plötzlich eiskalt.

«Der rote Lack stammt von einem Porsche», las Martin laut.

Kay Gysin spielte mit einem Zuckerbeutel. Sie drehte ihn von einer Seite auf die andere, faltete die Ecken und zerrieb die Kristalle zwischen den Fingern. Als sie merkte, dass Martin sie beobachtete, legte sie den Beutel hin. Doch ihre Hände kamen nicht zur Ruhe. Mit Daumen und Zeigefinger drehte sie an der kleinen Perle an ihrem Ohr.

«Wie lange seid ihr schon verheiratet?», fragte Martin sanft.

«Zwölf Jahre.» Kay Gysin sah auf. «Valentin ist ein guter Mensch. Auf manche wirkt er arrogant, aber damit verdeckt er nur seine Unsicherheit. Er ist der erste seiner Familie, der studiert hat. Seine Eltern sind Bauern. Mia war soeben eine Woche lang bei ihnen auf dem Hof.»

«Wie alt ist sie?»

«Sie wird im August elf.»

«Valentin Feurer weiss, dass ich Lackpartikel im Schliesszylinder gefunden habe. Habt ihr darüber gesprochen?»

Kay Gysin fuhr mit der Hand ihrem Zopf entlang. «Nein.»

«Ist dir ein Kratzer an seinem Wagen aufgefallen?»

Kay Gysin biss sich auf die Unterlippe. «Oberhalb der Stossstange habe ich eine kleine Schramme bemerkt. Winzig. Sie fiel mir nur auf, weil Valentin auf soetwas achtet. Ich habe mich gefragt, ob er sie noch nicht gesehen hat, denn er hätte sich darüber ziemlich geärgert. Und wenn sich Valentin ärgert, vergisst man es nicht so schnell.» Plötzlich schien sie zu realisieren, was sie soeben gesagt hatte. «So meine ich das nicht! Er ist nicht aggressiv! Eher … kindlich. Wie ein trotzender Junge.»

«Soll ich mir die Schramme ansehen?»

«Ich möchte dich nicht ausnützen, aber … wenn ich den offiziellen Weg einhalten würde, müsste ich damit zu meinem Vorgesetzten. Dieser würde die ganze Maschinerie in Bewegung setzen. Was das für Valentin bedeutet, muss ich dir nicht erklären. Auch wenn sich herausstellt, dass der Kratzer nichts mit dem Lack im Schliesszylinder zu tun hat, wäre sein Ruf ruiniert. Wenn ich bloss ein, zwei Tage Zeit hätte, um selbst einige Erkundigungen einzuziehen, wäre ich dir sehr dankbar.»

Martin betrachtete sie. Deshalb hatte sie ihn also hergebeten. Der Laborbericht musste ein Schock gewesen sein. Er fragte sich, wie er reagieren würde, wenn eine Spur plötzlich zu Vera führte. Obwohl er sich immer genau an die Vorschriften hielt, würde auch er zuerst sichergehen wollen, dass er nichts übersehen hatte. Ein ausgesprochener Verdacht hing für immer in der Luft.

«Ich bin noch bis morgen in Bad Zurzach», sagte Martin. «Wenn du meine Hilfe brauchst, stehe ich dir gern zur Verfügung. Meine Freundin ist gestern abend abgereist.»

«Martin, die Vorwürfe, die sie an dich gerichtet hat…»

Martin errötete. «Es tut mir leid, dass du dir das mit anhören musstest.»

«Ich möchte etwas klarstellen: Valentin und ich führen eine gute Ehe. Er hat nichts getan, das mich veranlasst, ihm zu misstrauen. Es ist meine Vernunft, die mir sagt, dass man sich in Menschen täuschen kann. Und meine Erfahrung. Aber ich bin deswegen nicht auf der Suche nach einem Abenteuer. Ich sage das nur, um keinen falschen Eindruck zu erwecken.»

Martin war das Gespräch unangenehm. Trotzdem war er froh, dass Kay Gysin den Streit angesprochen hatte. Damit verlor die Situation etwas an Peinlichkeit. Er versicherte Kay Gysin, dass er keine Absichten hege, sondern ihr nur mit seinem Fachwissen helfen wolle. Dass er dankbar für die Ablenkung war, verschwieg er. Nach Hause fahren konnte Martin nicht, dazu musste er sich zuerst über seine nächsten Schritte klar werden. In Veras Gegenwart waren seine Gedanken blockiert, vor allem, wenn sie wütend war.

Kay Gysin bezahlte für beide und stand auf. Da sie mit dem Direktor sprechen wollte, begleitete sie Martin zum Park-Hotel. Bevor sie sich an der Réception meldete, führte Martin sie ins Untergeschoss und zeigte ihr, wo er das Buch gefunden hatte. Gemeinsam suchten sie die Räume nach Überwachungskameras ab, doch sie fanden keine. Anschliessend fuhren sie in den vierten Stock hinauf, wo sich die Bibliothek befand. Der Raum lag verlassen hinter einer unverschlossenen Glastür. Kein Gast war zu sehen.

Der Direktor bestätigte, dass weder der Billardraum noch die Fitnessgeräte überwacht würden. «Das ist in einem Hotel nicht üblich. Wir haben Alarmknöpfe installiert», erklärte er, «für medizinische Notfälle.»

«Ist ein Hotelangestellter während der Öffnungszeiten im Bad, in der Garderobe oder im Fitnessraum anwesend?», wollte Kay Gysin wissen.

«Wir machen ab und zu Kontrollen, aber niemand ist die ganze Zeit unten.»

«Und in der Bibliothek?»

Der Direktor schüttelte den Kopf. «Die Gäste dürfen sich bedienen. Wir vertrauen darauf, dass sie die Bücher zurückbringen.»

Kay Gysin holte ein Foto von Verena Zimmermann hervor. «Haben Sie diese Frau schon einmal gesehen?»

«War sie Gast?»

Kay Gysin antwortete nicht.

«Tut mir leid, ich kann Ihnen nicht weiterhelfen. Wenn sie bei uns übernachtet hätte, würde ich ihr Gesicht kennen. Ich lege grossen Wert darauf, unsere Gäste persönlich zu begrüssen. Vielleicht hat sie aber das Restaurant besucht. Wenn Sie einen Augenblick Zeit haben, kläre ich es für Sie ab.» Er griff zum Telefonhörer. Kurz darauf betrat eine junge Frau den Raum. Der Direktor bat sie, den Mitarbeitern der Réception das Foto zu zeigen. Nachdem die Angestellte sein Büro verlassen hatte, wandte er sich an Martin. «Haben Ihre Fragen mit der traurigen Geschichte im Flecken zu tun?»

«Sie meinen den Mord?», antwortete Kay Gysin an Martins Stelle. «Was wissen Sie darüber?»

«Nur, was in der Zeitung steht. Ich habe die Tote nicht gekannt. Wenn ich mich aber richtig erinnere, wurde der Täter gefasst. War er nicht mit ihr verwandt?» Plötzlich begriff er, wer auf dem Foto abgebildet war. «Ist sie es? Die ermordete Frau?»

Kay Gysin lächelte unverbindlich. Der Direktor erzählte von einem Todesfall im Tirol, wo er früher gearbeitet hatte, bis die Angestellte mit dem Foto von Verena Zimmermann zurückkehrte.

«Niemand kann sich an sie erinnern. Auch im Restaurant nicht. Wenn sie hier war, dann ungesehen.»

Kay Gysin bedankte sich und verliess zusammen mit Martin das Büro. Als sie an der Réception vorbeikamen, hielt sie inne, das Gesicht zur Hotelterrasse gewandt. Martin folgte ihrem Blick und erkannte Gustav Brem. Das Gespräch auf dem Achenberg kam ihm in den Sinn.

«Hast du etwas über die Gerüchte wegen des unbekannten Deusser-Bildes herausgefunden?», fragte er.

Kay Gysin setzte sich in einen Sessel neben dem Hoteleingang, von wo aus sie Gustav Brem im Auge behalten konnte. «Ich arbeite noch daran. Aber offensichtlich wird in der Kunstszene tatsächlich diskutiert, ob es Bilder von August Deusser gibt, die bisher unter Verschluss gehalten worden sind.»

«Weiss Gustav Brem nichts darüber?»

«Er ist neu in der Stiftung, und er hat wenig Erfahrung mit Kunst. Offenbar verdankt er seine Stelle vor allem verwandtschaftlichen Beziehungen.»

«Wie viel ist ein Deusser-Bild wert?»

«Es kommt immer darauf an, wie viel ein Abnehmer dafür ausgeben will. August Deusser ist nicht so bekannt wie Seurat, Monet, Sisley oder Vuillard. Doch Kunstliebhaber schätzen vor allem seine expressionistischen Werke. Warst du schon im Schloss?»

Martin nickte. Er kannte keinen einzigen Namen, den sie erwähnt hatte.

«Dann hast du bestimmt die blauen Pferde gesehen. Sie sind grossartig. Überhaupt hat Deusser viele Pferde gemalt, nicht nur im expressionistischen Stil. Oft arbeitete er auf Auftrag. Fast noch bekannter war er aber für die Ausstellungen, die er organisierte. Diese wurden weit über Düsseldorf hinaus beachtet. Auch verschiedene Schweizer Maler haben ihre Werke im Auftrag Deussers gezeigt. Giacometti zum Beispiel, oder Hodler und Amiet.» Als sie Martins erstaunten Ausdruck sah, erklärte sie: «Valentin liebt Kunst. Ich weiss das meiste von ihm.»

«Ich bin ein ziemlicher Banause», gab Martin zu. «Freiwillig würde …»

Er verstummte, als Kay Gysin ihm ein Zeichen gab. Auf der Terrasse war Gustav Brem aufgestanden und hatte einen grauhaarigen Mann begrüsst. Die beiden setzten sich und bestellten. Als klar wurde, dass sie zu Mittag essen wollten, ging Kay Gysin zur Réception. Dort erfuhren sie, dass Brems Visavis Gast im Hotel war.

«Ein Kunsthändler aus Deutschland», meinte die Réceptionistin.

«Name?», fragte Kay Gysin.

Die Angestellte holte den Direktor.

«Ulrich Clarenbach», erklärte dieser zögernd.

«Ist er zum erstenmal hier?»

«Ja. Aber hoffentlich nicht zum letztenmal», lächelte der Direktor. «Ich wäre froh, wenn Sie Herrn Clarenbach keine Fragen stellen würden.»

Kay Gysin erwiderte das Lächeln nicht. Sie verliessen das Hotel durch den Haupteingang, wo sie in Gedanken versunken stehen blieben. An der Shuttle-Bus-Haltestelle sass der Mann im Jogginganzug, der Martin neulich um seine Fahrt in Valentin Feurers Porsche beneidet hatte. Als Kay Gysin einen Block hervorholte, um einige Stichworte zu notieren, schloss Martin die Augen. Die Sonne wärmte sein Gesicht; er hätte das Gefühl genossen, wenn er nicht plötzlich Bilder von Vera vor sich gesehen hätte. Erinnerungen an gemeinsame Ausflüge und Ferien kamen hoch, ausgelöst durch die Wärme und das Summen einer Wespe neben seinem Ohr. Meistens war sie die treibende Kraft gewesen, wenn es darum gegangen war, eine Destination auszuwählen. Martin fragte sich, wie er seine ersten Ferien alleine verbringen würde. Die Vorstellung löste ein Gefühl von Einsamkeit aus.

Er hörte, wie eine Autotür zuschlug. Das Kratzen von Kay Gysins Stift brach ab. Als Martin die Augen aufschlug, sah er, wie die Polizistin auf einen braungebrannten Mittvierziger mit markantem Kinn zuging.

«Herr Kowarsch, was machen Sie denn hier?»

«Frau Gysin!»

«Ich dachte, Sie seien abgereist.»

Martin brauchte einen Moment, um den Namen einzuordnen. Als er sich daran erinnerte, ihn in einem Protokoll gelesen zu haben, kamen die Details zurück. Günther Kowarsch war der Letzte, der Verena Zimmermann lebend gesehen hatte.

«Das bin ich auch», erklärte der Deutsche. «Aber ich fand zu Hause keine Ruhe. Immer wieder gingen mir die schrecklichen Ereignisse durch den Kopf. Wissen Sie schon, warum der Bruder die arme Frau getötet hat?»

«Ich habe einige Vermutungen zum Tathergang», wich Kay Gysin aus. «Ich verstehe aber immer noch nicht, was Sie hier machen.»

Kowarsch nahm einen Koffer aus seinem Maserati und fragte, ob sie vielleicht mit ihm essen wollten. Zu Martins Erstaunen sagte Kay Gysin sofort zu. Sie schlug die Terrasse des Hotels vor, doch Günther Kowarsch wollte nicht im Park-Hotel bleiben.

«Ich kam während meines Aufenthaltes gar nie dazu, das Panorama-Restaurant zu besuchen. Die Aussicht soll atemberaubend sein.»

«Das ist mir auch recht», erwiderte Kay Gysin.

Nachdem Kowarsch seinen Koffer ins Zimmer gebracht hatte, spazierten sie zu Fuss zum Turm-Hotel. Unterwegs schwärmte der Deutsche von Bad Zurzach. Offenbar hatten ihm die drei Wochen Kur gutgetan, denn das Rheuma, an dem er seit Jahren litt, quälte ihn kaum mehr. Kay Gysins Frage beantwortete er erst, als sie ihre Bestellungen aufgegeben hatten.

«Ich habe Ihnen erzählt, dass ich es in Betracht gezogen habe, mein Vermögen der St. Verena Stiftung zu hinterlassen. Über den Tod von Verena Zimmermann war ich bestürzt. Diese Frau hat so viel für ihre Mitmenschen getan. Obwohl ich sie kaum kannte, löste das Verbrechen etwas in mir aus: Einen Moment lang verlor ich den Glauben an das Gute. Ich hielt die Vorstellung nicht aus, dass ich endlich einen Menschen gefunden hatte, der meine Unterstützung verdiente, nur um ihn gleich wieder zu verlieren. Desillusioniert reiste ich ab. Zu Hause wurde mir klar, dass Verena Zimmermann zwar tot war, nicht aber ihr Geist. Wenn das Gute weiterleben sollte, musste ich die Stiftung, für die sie sich so eingesetzt hatte, erst recht unterstützen. Deshalb bin ich hier. Ich möchte das zu Ende bringen, was ich angefangen habe.»

Sein Blick schweifte in die Ferne. Kay Gysin betrachtete ihn schweigend. Sie wirkte wie eine der römischen Statuen, die auf der Wand abgebildet waren. Martin sah ihr nicht an, was sie dachte. Ohne viel zu sagen gelang es ihr, das Gespräch zu lenken. Günther Kowarsch berichtete von seiner Villa auf der Insel Sylt, die er immer öfter mied, weil das feuchte Klima sein Rheuma verstärkte. Er gab zu, unter seiner Kinderlosigkeit zu leiden und erzählte ihnen von seinem englischen Cockerspaniel, der ihm Gesellschaft leiste. Beim anschliessenden Kaffee zeigte er ihnen sogar Fotos des Hundes, die er auf seinem iPhone gespeichert hatte. Martin hoffte, dass er selbst nie so einsam würde.

7.

Die Schramme oberhalb der Stossstange von Valentin Feurers Porsche war kaum erkennbar. Martin staunte, dass sie Kay Gysin überhaupt aufgefallen war. Bei näherer Betrachtung fiel ihm auf, dass die Stelle übermalt worden war. Zuerst begriff er nicht, womit. Als er den Kratzer genauer untersuchte, kam ihm ein Verdacht.

Kay Gysin stand schweigend neben ihm, die Arme an den Körper gepresst. Von seinem Büro aus hatte Valentin Feurer den Parkplatz nicht im Blick. Trotzdem mussten sie damit rechnen, dass er von ihrer Anwesenheit erfuhr. Bis jetzt hatte sie ihm nichts von ihrem Verdacht erzählt.

«Die Schramme ist mit Nagellack gefüllt worden», sagte Martin.

Sie sah ihn schweigend an.

«Eine geniale Idee», fuhr Martin fort. «Einfach und erst noch günstiger als eine professionelle Reparatur.»

«Aber das heisst … das kann nicht sein. Wer könnte das getan haben? Valentin ist ein Perfektionist. Er improvisiert nicht. Allein der Gedanke, dass der Lack an seinem Wagen nicht professionell ersetzt würde, wäre für ihn unerträglich.» Sie rieb sich trotz der Hitze die Arme.

«Vielleicht wollte er nicht, dass jemand vom Kratzer erfährt», sagte Martin vorsichtig.

Kay Gysins Hände bewegten sich schneller. «Ich weiss nicht, woher er Verena Zimmermann gekannt haben könnte. Wir sprechen täglich über unsere Arbeit. Schliesslich gibt es nicht viele Menschen, mit denen wir uns darüber austauschen können - wenn du weisst, was ich meine.»

Martin wusste es genau. Bevor er Vera kennengelernt hatte, war er zwei Jahre lang mit einer Primarlehrerin befreundet gewesen. Sie hatte ihm von ihren Erstklässlern erzählt, über deren Lesefortschritte und Schwierigkeiten berichtet. Ihm die Bilder beschrieben, die die Kinder gezeichnet hatten. Er hingegen hatte meistens geschwiegen. Hätte er den Schuhabdruck erwähnen sollen, den ein Vergewaltiger auf dem Rücken seines Opfers hinterlassen hatte? Oder das Blut an einem Bügeleisen beschreiben, dessen Spitze genau in eine Kopfwunde passte? Die Beziehung war schliesslich an seiner angeblichen Verschlossenheit gescheitert.

«Deshalb hätte er es mir erzählt, wenn er beruflich mit Verena Zimmermann zu tun gehabt hätte», fuhr Kay Gysin fort. «Wir haben keine Geheimnisse voreinander.»

«Könnte er sie privat gekannt haben?»

«Woher? Wir wohnen in Baden. Valentin hat zwar einen Grossonkel in Rekingen, aber mit ihm hat er kaum Kontakt. Seit die Diskussion um den Golfplatz neu entflammt ist, erst recht nicht mehr. Es ist ihm lieber, niemand weiss von der Verwandtschaft.» Sie sah zu Martin, der aufgestanden war und ihr zuhörte. «Erinnerst du dich an Hans Huwyler?»

«Den Bauern, der sein Land nicht verkaufen will?»

Kay Gysin nickte. «Er ist der Cousin seiner Mutter. Die Sache ist Valentin ziemlich peinlich.»

«Vielleicht erwartet dieser Huwyler von seiner Familie Unterstützung.»

«Und weil er sie nicht bekommt, versucht er, Valentin schlecht aussehen zu lassen? Indem er Beweismittel in einem Mordfall manipuliert? Nein, dazu ist er nicht fähig. Intellektuell, meine ich.»

«Jemand hat auch versucht, Paul Zimmermann zu belasten.»

Kay Gysins Blick schweifte zum Porsche. Ihr Atem ging etwas schneller, als habe sie erst jetzt realisiert, was die Verbindung zwischen dem Wagen ihres Mannes und dem Tatort zu bedeuten hatte. Sie presste die Lippen zusammen, sichtbar um Fassung ringend.

«Kay?», sagte Martin sanft. «Möchtest du dich setzen?»

«Meine Tochter hat roten Nagellack. Der Farbton passt ziemlich genau.»

«Vielleicht hat dein Mann eine gute Erklärung dafür. Willst du ihn nicht fragen?»

Sie schüttelte heftig den Kopf. «Noch nicht. Bitte, gib mir noch etwas Zeit! Ich muss ein paar Sachen abklären.»

«Der Entscheid liegt einzig bei dir», beruhigte Martin sie.

Beide wussten, dass das nicht stimmte. Wenn Martin über Hinweise verfügte, dass der Bezirksamtmann etwas mit dem Mord an Verena Zimmermann zu tun hatte, musste er es melden. Er war jedoch überzeugt davon, dass Kay Gysin alles daran setzen würde, Valentin Feurers Rolle im Fall zu klären. Auf ihre Redlichkeit vertraute er. An ihrem Urteilsvermögen aber zweifelte er. Schliesslich sah ein Mensch oft nur das, was er sehen wollte. Vor allem, wenn die Wahrheit schmerzhaft war.

«Was hältst du von einem Spaziergang? Mich würden deine Gedanken zum Fall interessieren. Manchmal hilft es, sie laut auszusprechen. Zusammenhänge werden so klarer.»

Kay Gysin nickte langsam. Wenn sie seine Hintergedanken erriet, so liess sie es sich nicht anmerken.

Sie schlugen einen Weg ein, den Martin noch nicht kannte. Statt in die Hauptstrasse bog Kay Gysin in die Schwertgasse und von dort in einen kleinen Fussweg ein. Vermutlich wollte sie eine Begegnung mit Bekannten vermeiden. Zwischen den Häusern war es angenehm kühl. Über ihnen blühten Geranien auf einem hölzernen Balkon.

«Schön, nicht? Das ist das Haus zur Rose. Die Zimmer auf der Hofseite waren für Gäste bestimmt. Es ist ein typisches Messehaus. Viele haben einen Hofanbau.» Sie erzählte, was sie über Bad Zurzachs Geschichte wusste. Martin kam es vor, als wolle sie ihre Gedanken in eine andere Richtung zwingen. Weg vom Mordfall. Weg von Valentin Feurer und der Angst, er könnte etwas damit zu tun haben.

«Warst du schon bei den Bohrtürmen? Ich liebe sie. Für mich ist der Bohrturmweg die schönste Strasse in Zurzi. Er beginnt gleich hinter der ‹Mandschurei›.» Als sie Martins ungläubigen Blick sah, lächelte sie. «So wird die Zuberbühler-Arbeitersiedlung genannt. Sie wurde 1905 gebaut, während des Mandschurei-Krieges.»

«Du weisst viel über Bad Zurzach.»

«Als ich schwanger war, haben wir uns überlegt, hierher zu ziehen. Für Familien ist es ideal. Es gibt einen Tierpark, schöne Spielplätze und Pärke, ein Schwimmbad, gute Schulen, kurz, alles, was ein Kind braucht. Mia hätte es gefallen. Sie braucht Ruhe, um sich entfalten zu können. Sie verbringt viel Zeit im Freien, am liebsten mit Pferden. Die Wälder in der Umgebung wären ideal für Ausritte. Mir gefallen vor allem die alten Gebäude. Die Geschichte ist so lebendig. Aber Valentin wollte nicht aufs Land. Für mich hat Zurzi etwas Städtisches, trotz der wenigen Einwohner. Aber es gelang mir nicht, Valentin davon zu überzeugen. Schau, da sind die Bohrtürme.»

Mehrere verwitterte Holztürme ragten entlang des Rheins empor. Martin schätzte ihre Höhe auf knapp 20 Meter. Sie prägten das Bild der Ebene, verstärkten das Gefühl von Weite, das Martin verspürte, als eine leichte Brise vom Schwarzwald herüberwehte. Gleichzeitig weckten die Türme nostalgische Gefühle. Vor hundert Jahren war die technische Entwicklung noch überschaubar gewesen. Er konnte sich genau vorstellen, wie durch ein Bohrloch Wasser zur Salzschicht geleitet worden war, damit diese sich löste und dann als Lauge zutage gefördert werden konnte. Trotzdem wollte er die Zeit nicht zurückdrehen. Der technische Fortschritt erleichterte ihm nicht nur die Arbeit, er ermöglichte es auch, Fälle zu lösen, die früher ungeklärt geblieben wären. Auch wenn Martin gewisse handwerkliche Tätigkeiten am Tatort vermisste, beispielsweise den klassischen Gipsabdruck, der schon fast überflüssig war, so schätzte er doch die neuen Geräte, die raschere und genauere Resultate lieferten. Besonders gefiel ihm ein Scanner, der Schuhspuren aufnehmen und sofort auf Computer übertragen konnte. Statt einen Gipsabdruck mit Tausenden von Schuhmustern vergleichen zu müssen, was in der Regel Stunden dauerte, war damit ein Online-Abgleich am Tatort in zwei Minuten möglich.

«Woran denkst du?», fragte Kay Gysin. «Du lächelst.»

«An einen Laserscanner», antwortete Martin leicht verlegen. «Das Fraunhofer-Institut für Angewandte Optik und Feinmechanik in Jena entwickelt zurzeit ein Gerät, das problemlos an Tatorten eingesetzt werden kann. Es ist so klein wie ein Schuhkarton und besteht aus einem Projektor und zwei Kameras, die ein dreidimensionales Bild erzeugen, ähnlich wie zwei Augen.»

Kay Gysin lächelte zurück. «Du hast eindeutig den richtigen Beruf gewählt. Hast du Naturwissenschaften studiert?»

«Physik. Eigentlich wollte ich mich auf Verkehrsunfälle spezialisieren. Irgendwie kam ich vom Weg ab. Plötzlich war ich Sachverständiger für Schliesssysteme.»

«Du machst auf mich nicht den Eindruck eines Menschen, der einfach ‹vom Weg abkommt›.»

«Das ist vielleicht etwas übertrieben. Jeder Schritt ergab sich aus dem vorhergehenden. Ich bin nicht plötzlich an einem unbekannten Ziel angekommen, ohne zu wissen, wie ich dorthin gelangt bin. Aber geplant hatte ich diesen Weg nicht.»

«Das Leben verläuft selten wie geplant.» Kay Gysin bückte sich, um einen Grashalm zu pflücken. «Ich habe die Polizeischule gemacht, weil ich etwas Handfestes gesucht habe. Das Studium war mir zu abstrakt. Und nun sitze ich meistens in meinem Büro und wälze Theorien.»

«Was hast du studiert?»

«Psychologie. Später, während meines Mutterschaftsurlaubs, habe ich das Studium wieder aufgenommen und abgeschlossen.»

«Eine ideale Voraussetzung für die Arbeit, die du jetzt machst.»

Kay Gysin warf den Grashalm mit einem bitteren Lachen weg. «Findest du? Und weshalb habe ich als Psychologin dann keinen blassen Schimmer, warum Verena Zimmermann ermordet wurde? Sondern nur die nagende Angst, dass mein Mann etwas damit zu tun haben könnte?»

«Erzähl mir von deinen Vermutungen.»

Sie waren am Ende des Bohrturmweges angelangt. Kay Gysin zeigte auf den Uferweg entlang des Rheins. Martin nickte. Als sie die geteerte Strasse verliessen, zog sie die Schuhe aus. Dass sie trotz ihrer Grösse Absätze trug, beeindruckte Martin. Im Gegensatz zu vielen seiner Kollegen fand er selbstbewusste Frauen attraktiv.

«Liebe, Macht, Geld», begann Kay Gysin. «Dafür töten Menschen.» Sie schilderte Verena Zimmermanns Leben. Vieles war Martin aus den Akten bekannt, doch nun erfuhr er Details, die das Opfer in seiner Phantasie lebendig werden liessen. Beispielsweise, dass sie in einem Chor gesungen hatte, der letztes Jahr in Ungarn aufgetreten war. Nach dem Konzert war sie einige Tage alleine in Budapest geblieben, um sich die Stadt anzusehen. Sie liebte europäische Städte, unternahm oft weite Reisen für Ausstellungen und Opern. Alleine unterwegs zu sein, machte ihr offenbar nichts aus. Manchmal buchte sie kurz entschlossen einen Städteflug, von dem nicht einmal ihre Freundinnen etwas wussten.

Obwohl die Zimmermanns als Familie in Bad Zurzach von Bedeutung waren, bekleidete Verena Zimmermann keine wichtigen Ämter oder Positionen. Macht besass sie höchstens, weil sie einen gewissen Einfluss auf ihren Bruder ausübte. Doch Kay Gysin hatte keine Anzeichen dafür gefunden, dass Verena Zimmermann in einen Konflikt verwickelt gewesen war. Ausser dem Streit ums Erbe. Da es keine weiteren Erbberechtigten gab, wurde die Auseinandersetzung lediglich zwischen ihr und Paul Zimmermann ausgetragen. Er war der Einzige, der von ihrem Tod profitierte.

Eine Liebesbeziehung hatte sie offenbar auch nicht gehabt. Nach Rolf Odermatt hatte sich keiner mehr für die unscheinbare Frau interessiert. Zumindest wusste niemand etwas von einem Verehrer. Kay Gysin war der Verdacht gekommen, Verena Zimmermann könnte lesbisch gewesen sein, doch sie fand auch keine Frau, mit der sie sich eingelassen hatte. Ob Johann Zimmermann der Grund für das zurückhaltende Leben seiner Tochter war? Möglicherweise hatte er sie unter Druck gesetzt oder an ihr starkes Verantwortungsgefühl appelliert. Verena Zimmermann war nicht nur seine Haushälterin, sie leistete ihm auch Gesellschaft. Einmal hatte sie sich überlegt, in eine eigene Wohnung zu ziehen; doch ihrem Vater gelang es, sie davon abzubringen. Paul Zimmermann hingegen hatte früh geheiratet und sich zehn Jahre später wieder scheiden lassen. Die Ehe war kinderlos geblieben.

Blieb noch ihr Vermögen. Kay Gysin zweifelte nicht daran, dass sich viele dafür interessiert hatten. Immer wieder wurde Verena Zimmermann von Einzelpersonen und Organisationen um Unterstützung angegangen. Hatte jemand eine Absage nicht akzeptieren wollen? War es deswegen zu einem Streit gekommen? Vielleicht hatte Verena Zimmermann gar nichts von der Wut eines enttäuschten Bittstellers gewusst, bis er sie aufgesucht und erschlagen hatte. Gegen diese Theorie sprach jedoch, dass ihr Tod keinem etwas nützte. Ihr Vermögen ging an Paul Zimmermann, da sie kein Testament hinterlassen hatte.

«Hinter dem Schlag steckt Wut», kam Kay Gysin zum Schluss. «So viel ist klar. Und die Art und Weise, wie der Täter anschliessend den Mord zu vertuschen versuchte, zeugt von Kaltblütigkeit, wenn nicht gar Arroganz.»

«Oder Erfahrung», fügte Martin hinzu.

Kay Gysin blieb stehen und betrachtete den Rhein, der gemächlich an ihnen vorbeifloss. Unbewusst strich sie über ihren Ehering. Martin wünschte sich, er könnte sie beruhigen, ihren Verdacht als unbegründet abtun, doch das wäre gelogen gewesen. Valentin Feurer wusste genau, wie er seine Spuren verwischen müsste, wenn er ein Verbrechen begehen wollte. Oder begangen hatte.

«Ich sehe kein Motiv», sagte Kay Gysin leise. «Eine Affäre mit Verena Zimmermann hatte er wohl kaum. Nicht nur wegen ihres Alters. Er ist mir noch nie untreu gewesen.»

«Was ist ihm wichtig?»

«Status», antwortete sie prompt. «Anerkennung. Geld.»

«Bist du sicher, dass er nicht von ihrem Tod profitiert? Finanziell, meine ich?»

«Natürlich. Ausserdem geht es uns gut. Wir können uns alles leisten, was wir uns wünschen. Valentin hat bereits eine beträchtliche Kunstsammlung. Er besucht oft Galerien, langsam entwickelt er sich zu einem richtigen Kenner.»

«Könnte er für jemand anders gehandelt haben?»

«Ein Auftragsmord?» Kay Gysin lachte laut.

«Sorry. Wer kommt sonst als Täter in Frage? Rolf Odermatt?»

Kay Gysin schob mit den Zehen einige Kieselsteine hin und her. Sie erzählte, dass sich Rolf Odermatt nach seinem erfolglosen Versuch, Verena Zimmermann für sich zu gewinnen, von ihr distanziert habe. Ein paar Monate lang sah es danach aus, als würde er tatsächlich seinen Lebensstil ändern. Er fand eine Aushilfsstelle bei einem Schlüsselservice, hielt sich von Drogen und Alkohol fern und verbrachte nur noch die Wochenenden im «Steinböckli». Er hoffte, Johann Zimmermann davon zu überzeugen, dass er seiner Tochter würdig sei. Einmal hatte er Verena Zimmermanns Schlafzimmer mit Rosenblüten gefüllt. Doch Johann Zimmermann war vor seiner Tochter nach Hause gekommen und hatte das Zimmer putzen lassen, bevor sie die Schweinerei sah, wie er es genannt hatte. Offenbar zeigte Rolf Odermatts Hingabe aber doch Wirkung. Sonst hätte Verena Zimmermann die Geschichte nicht einem Chormitglied erzählt. Wenn sie den Vorfall nie vergass, so musste Rolf Odermatt ihr etwas bedeutet haben.

Nach dem erfolglosen Versuch, seine Liebe zum Ausdruck zu bringen, hatte sich Rolf Odermatt zurückgezogen. Er nahm seinen alten Lebensstil wieder auf, widmete sich verstärkt seiner Musik und lernte einige Jahre später eine Gitarristin kennen, mit der er ein Kind zeugte. Die Beziehung ging rasch auseinander, doch seinen Sohn betreute Rolf Odermatt jedes zweite Wochenende. Dieser spielte heute im Aargauer Symphonie Orchester.

Von einem weiteren Versuch, die alte Liebe neu zu entfachen, wusste niemand etwas. Es gab keine Zeugen, die Rolf Odermatt in Verena Zimmermanns Nähe gesehen hatten, schon gar nicht in ihrem Haus. Auch seine Fingerabdrücke waren dort nicht gefunden worden. Hätte sich die Beziehung vertieft, so hätte Verena Zimmermann sie nicht mehr verheimlichen müssen. Ihr Vater war tot. Sie schuldete niemandem Rechenschaft. Ausserdem war sie über die Jahre hinweg selbstbewusster geworden; sie hätte sich kaum vorschreiben lassen, mit wem sie sich einlassen durfte und mit wem nicht.

«Ich werde alle Gäste des Park-Hotels überprüfen lassen», sagte Kay Gysin nach einer Pause. «Das ist im Moment unser einziger Anhaltspunkt.»

«Wegen des Buches?»

«Irgendwie muss es in Verena Zimmermanns Haus gekommen sein. Und da du es nach ihrem Tod im Billardraum gefunden hast, kann es nur der Täter dorthin gebracht haben. Das spricht gegen Rolf Odermatt. Und auch gegen Valentin. Im Park-Hotel ist er bekannt. Jemand hätte ihn gesehen.»

Martin betrachtete sie. Auch ohne Absätze war sie mindestens 1.85 m gross. Trotzdem wirkte sie zerbrechlich. Ihre Bewegungen waren weniger bestimmt als vor einigen Tagen, ihre Finger wanderten scheinbar ziellos von ihrem

Ehering zu den Knöpfen ihrer Bluse, bis sie auf dem Rock zu ruhen kamen, der ihre Hüfte wie eine zweite Haut umhüllte.

«Was macht Rolf Odermatt heute? Beruflich?», fragte er.

«Er unterrichtet Klavier, ab und zu tritt er irgendwo auf. Meistens an privaten Veranstaltungen.»

«Keine Beziehungen?»

«Immer wieder, aber selten für lange.» Ihre Finger zeichneten kleine Kreise auf ihrem Oberschenkel. «Ich kenne Valentin seit 16 Jahren. Warum habe ich nicht gemerkt, dass er etwas vor mir versteckt?»

«Weil er nicht wollte, dass du es merkst.» Martin hätte am liebsten ihre Hand genommen, doch sie hätte es falsch verstanden. Stattdessen blieb er schweigend neben ihr stehen, bis sie sich wieder gesammelt hatte und bereit war, den nächsten Schritt zu tun.

«Ist deine Freundin wieder zurückgekommen?»

«Nein.»

«Das tut mir leid.»

«Wir sahen es beide kommen», seufzte Martin. «Ich hätte mir einfach gewünscht, die Trennung wäre friedlicher verlaufen.»

«Habt ihr Kinder?»

«Zum Glück nicht.» Martin bückte sich nach einem Stein, den er in den Rhein warf. Zu Beginn ihrer Beziehung hatte Vera einmal geglaubt, schwanger zu sein. Nie würde er ihr Entsetzen vergessen. Damals hatte er noch gedacht, es sei für sie einfach zu früh für Kinder. Er hatte fest damit gerechnet, dass sie ihre Meinung irgendwann ändern würde. Doch der Wunsch nach einem Kind war nie aufgekommen. Manchmal ertappte er sich dabei, wie er ausrechnete, wie alt das Kind heute wäre, wenn Vera damals tatsächlich schwanger gewesen wäre. In seiner Phantasie handelte es sich immer um ein Mädchen.

«Entschuldige, ich wollte keine Wunden aufreissen», sagte Kay Gysin.

«Ich habe mir immer Kinder gewünscht», erklärte er, «aber Vera behauptete, sie würde sich eingeengt fühlen. Sie ist sehr … energisch.»

Kay Gysin lächelte schwach. «Das ist mir aufgefallen.»

8.

Valentin Feurers Büro passte zu ihm: Es war stilvoll, klar und teuer. Obwohl sich Martin nicht mit Designermöbeln auskannte, war er sicher, dass sich der Bezirksamtmann selbst um die Einrichtung gekümmert hatte. Der Schreibtisch war aus titangrauem Eichenholz, schlicht aber einzigartig. An den Wänden hingen keine Kinderzeichnungen, sondern Gemälde, die Martin als Originale einstufte.

«Kay, du bist früh …» Valentin Feurer verstummte, als er Martin hinter ihr wahrnahm. Er fasste sich rasch wieder. «Herr Angst, Sie sind immer noch in Bad Zurzach? Ich dachte, die Untersuchung sei abgeschlossen. Schreiben Sie das Gutachten im Hotel?»

Martin reichte ihm die Hand, sagte jedoch nichts. Sie hatten abgemacht, dass Kay Gysin ihren Mann mit den Vorwürfen konfrontieren würde. So konnte sich Martin darauf konzentrieren, die Reaktion des Bezirksamtmanns zu beobachten. Er war erleichtert gewesen, dass Kay Gysin von sich aus vorgeschlagen hatte, zu zweit mit Valentin Feurer zu sprechen. Sie traute ihrer eigenen Wahrnehmung nicht, fürchtete, ihr Urteilsvermögen könnte getrübt sein.

Valentin Feurer merkte, dass etwas nicht stimmte. Sein Blick glitt von seiner Frau zu Martin und wieder zurück. Er zeigte auf zwei Besucherstühle und setzte sich an seinen Schreibtisch, obwohl es am Besprechungstisch zu dritt bequemer gewesen wäre. Martin schloss daraus, dass er Distanz zwischen ihnen zu schaffen versuchte.

Valentin Feurer blickte demonstrativ auf seine Rolex. «Wer holt Mia von ihrer Reitstunde ab?»

«Deine Mutter.» Kay Gysin nahm den Laborbericht zur Hand.

Ihr Mann lehnte sich zurück, die Arme vor der Brust verschränkt. Martin bemerkte eine Ader, die an seiner Schläfe pulsierte. Er schien etwas sagen zu wollen, überlegte es sich aber anders und schloss den Mund wieder.

«Ich habe die Resultate der Lackpartikel-Untersuchung», begann Kay Gysin, den Blick auf ihre Unterlagen geheftet. «Die rote Farbe stammt … von einem Porsche.»

«Der Lack?» Valentin Feurer runzelte die Stirn. Plötzlich weiteten sich seine Augen. «Natürlich, im Schliesszylinder. Jetzt erinnere ich mich.»

Kay Gysin sah auf. Ihr Gesicht war ausdruckslos, doch Martin beobachtete, wie sie die Schuhspitzen in den Teppich bohrte. Ihr Mann verzog ebenfalls keine Miene. Ein Aussenstehender hätte nicht gemerkt, wie schwer der Vorwurf war, der unausgesprochen im Raum hing. Erst als Kay Gysin leise seinen Namen flüsterte, reagierte Valentin Feurer.

«Du denkst doch nicht etwa …?» Empört blähte er die Nasenflügel. «Ich bitte dich, Kay!» Er wandte sich an Martin. «Sie stecken dahinter, stimmt's? Es hat Ihnen von Anfang an nicht gepasst, dass ich Paul Zimmermann für schuldig halte!»

Martin schwieg.

«Valentin, hör auf! Du fährst einen roten Porsche, selbstverständlich tauchen Fragen auf.»

«Das muss ich mir nicht anhören. Wenn ihr mich entschuldigt, ich habe zu tun. Kay, wir reden später.» Er nahm eine Akte in die Hand.

«Ich habe die Schramme gesehen, Valentin. Über der Stossstange.»

«Ich weiss nicht, wovon du sprichst.» Als hätte er gemerkt, dass er sich mit der Lüge noch verdächtiger machte, legte er die Akte wieder hin. «Jetzt erinnere ich mich. Nur ein Kratzer, kaum der Rede wert. Ein Eckschutz meiner Laptop-Tasche hat sich gelöst. Aus Versehen berührte ich damit den Wagen.»

Kay Gysin schüttelte langsam den Kopf. «Hast du auch eine Erklärung für den Nagellack?»

«Der Kratzer war so klein, dass sich eine Reparatur nicht lohnte. Unverschämt, was eine Garage heute dafür verlangt.» Er legte die Hand auf die Akte vor sich. «Ich denke, damit habe ich genug Fragen beantwortet. Kay, soll ich auf dem Nachhauseweg noch etwas einkaufen?»

Kay Gysin blätterte im Laborbericht. Martin konnte ihr Gesicht nicht sehen, doch er hatte das Gefühl, dass sie um Fassung rang.

«Darf ich die Tasche sehen?», fragte er. «Mit dem beschädigten Eckschutz?»

«Ich habe sie nicht mehr. Sie liess sich nicht flicken. Ich wollte keine weiteren Kratzer riskieren.»

Die eintretende Stille war fast schlimmer als die offensichtliche Lüge. Martin kam es vor, als fände ein unsichtbares Seilziehen statt. Als Kay Gysin ihren Mann schliesslich darauf aufmerksam machte, dass sie ihren Vorgesetzten informieren müsse, zuckte Valentin Feurer nur mit den Schultern. Doch die Wut in seinen Augen war unübersehbar.

«Halte oder hielt?», fragte Martin.

Valentin Feurer blickte ihn irritiert an. «Wovon sprechen Sie?»

«Sie haben gesagt, dass Sie Paul Zimmermann für schuldig halten. Immer noch? Befindet er sich weiterhin in Haft?»

«Hören Sie, Herr Angst, ich sehe nicht, was Sie das ...»

«Beantworte die Frage, Valentin!»

Die Ader an Valentin Feurers Schläfe pulsierte heftiger. «Dass ein Dritter im Haus der Zimmermanns hätte anwesend sein können, bedeutet nicht, dass es auch so war. Bis klar ist, was tatsächlich in diesem Haus geschehen ist, bleibt Paul Zimmermann in Haft.»

Kay Gysin stand auf. «Ich will ihn sehen.»

«Kommt nicht in Frage. Die polizeiliche Befragung ist abgeschlossen.»

«Entweder du lässt mich meine Arbeit machen, oder ich informiere meinen Vorgesetzten!»

«Drohst du mir?»

Kay Gysin atmete tief ein. «Führ mich zu ihm.»

Der Bezirksamtmann schob seinen Stuhl zurück. Bevor er sich erhob, holte er ein Taschentuch hervor und tupfte sich damit unauffällig die Stirn. Martin hatte Mitleid mit ihm. Schlimm genug, dass Valentin Feurer einer Lüge überführt worden war. Dass seine Frau ihn auch noch vor einem Fremden erniedrigt hatte, würde er ihr nicht so rasch verzeihen. Ob ihr das bewusst war? Martin betrachtete ihren steifen Rücken. Er hoffte, dass die Ehe stark genug war, die Krise zu überstehen.

Die Schatten unter Paul Zimmermanns Augen waren dunkler geworden. Er sah aus, als habe er seit Tagen nicht geschlafen. Vor Valentin Feurer wich er zurück, als stelle dessen Anwesenheit eine Bedrohung dar. Kay Gysin forderte ihren Mann auf, sie alleine zu lassen. Valentin Feurer zog sich erst zurück, nachdem sie ihm ein weiteres Mal gedroht hatte. In Martin stiegen Zweifel auf. Hatte er den Moment verpasst, den offiziellen Weg einzuschlagen? Dafür, dass Kay Gysin ihren Mann zuerst mit ihrem Verdacht konfrontieren wollte, hatte er Verständnis. Nun ging sie aber zu weit. Doch bevor er seine Meinung äussern konnte, begann Paul Zimmermann zu reden. Er wollte wissen, ob die Ermittlungen vorankämen und wann er endlich aus der Untersuchungshaft entlassen würde.

Kay Gysin erzählte nichts vom roten Lack. Stattdessen berichtete sie vom Buch, auf dem sich Blut von Verena Zimmermann befunden habe. Paul Zimmermann schien überrascht. Erst als er erfuhr, dass der Täter das Buch mitgenommen hatte, wurde ihm klar, weshalb er sich nicht daran hatte erinnern können.

«Möglicherweise habe ich es gesehen, als ich das Zimmer betrat. Aber ich war so… schockiert, als ich meine Schwester tot vorfand. Ich habe die Erinnerung vermutlich nicht gespeichert.»

«Es handelt sich um einen Roman von Jane Austen», erklärte Kay Gysin. «Er stammt aus der Bibliothek des Park-Hotels.»

«Müsste ich etwas über das Buch wissen?»

«Das wollte ich Sie fragen.»

Paul Zimmermann seufzte müde. «Tut mir leid. Ich kenne die Lesegewohnheiten meiner Schwester nicht.»

«Können Sie sich erklären, warum sie den Roman im Park-Hotel ausgeliehen hat?»

Auch darauf wusste Paul Zimmermann keine Antwort. Sichtbar frustriert rieb er sich die Augen. Erst als Kay Gysin fragte, ob er Feinde habe, horchte er auf. Die Vorstellung, dass ihn jemand absichtlich belastete, gab ihm offenbar Hoffnung. Vielleicht glaubte er, der Schlüssel zur Klärung des Falls liege somit in seiner Hand. Er zählte Geschäfte auf, die nicht zur Zufriedenheit seiner Verhandlungspartner verlaufen waren, Gebäude, die teurer geworden waren als geplant. Als Architekt waren ihm keine groben Fehler unterlaufen, doch immer wieder kam es vor, dass ein Kunde nicht ganz zufrieden war. Auch auf den geplanten Golfplatz kam er zu sprechen, doch er bestätigte, dass momentan eine weitere Gesprächsrunde stattfinde. Offenbar war eine Einigung in Sicht. Den Bauern Huwyler bezeichnete er als Querulanten, der nicht nur den Befürwortern des Golfplatzes, sondern auch den betroffenen Bauern selbst ein Dorn im Auge war.

«Was ist mit Ihrer Funktion als Verwaltungsrat der Thermalbad AG?», fragte Kay Gysin. «Kam es da zu Meinungsverschiedenheiten?»

«Nein, meine Ideen finden meistens Anklang. Hinter dem Fleckenkonzept stehen wir alle, was in der Praxis heisst, dass wir am gleichen Strang ziehen.»

«Was beinhaltet das Konzept?»

«Neben dem Bau des Golfplatzes weitere Sportstätten, dann natürlich die Ostumfahrung sowie allgemein die Aufwertung des Fleckens. Feriengäste möchten sich nicht nur in Hotels bewegen, auch wenn diese viel zu bieten haben. Bad Zurzach hat wunderbare Häuserzeilen und Grünanlagen. Wir setzen uns dafür ein, dass der Flecken belebt, alte Gebäude renoviert und Sehenswürdigkeiten gepflegt werden. Ich habe mich beispielsweise für das ‹Haus der Kunst› engagiert, das 2005 eröffnet wurde. Das alles hat nur entfernt mit meiner Funktion als Verwaltungsrat zu tun. Aber wir sind natürlich daran interessiert, dass Gäste nach Bad Zurzach kommen.»

«Sie behaupten, alle ziehen am gleichen Strick. Ist niemand gegen das Konzept?»

«Natürlich gibt es kritische Stimmen. Leute, die sich gegen den Fortschritt wehren. Aber die gibt es überall. Einige Gewerbler glauben beispielsweise, dass ihr Geschäft unter der Ostumfahrung leiden würde. Aber wir wollen den Verkehr nicht völlig aus dem Flecken verbannen, sondern nur den Schwerverkehr umleiten. Im grossen und ganzen sind die Menschen zufrieden. Ist Ihnen der ‹Krug von Bad Zurzach› ein Begriff? Er wird Personen verliehen, die sich besonders um den Kurort verdient gemacht haben. Ich wurde letztes Jahr damit ausgezeichnet.»

«Ihre Schwester hielt nicht viel von Ihren Aktivitäten.»

Paul Zimmermanns Blick trübte sich. «Verena sah nicht ein, warum sich Bad Zurzach überhaupt um Gäste bemühen sollte. Ihre Prioritäten lagen woanders. Doch wenn es dem Bäderbezirk schlecht geht, geht es auch dem Flecken schlecht. Wie sollen Schulen oder soziale Einrichtungen finanziert werden? Das Bad, die Hotels und die Rehaklinik sind wichtige Arbeitgeber. Es geht nicht darum, dass wir uns profilieren möchten.»

«Haben Sie sich deswegen oft mit Ihrer Schwester gestritten?»

«Wir haben uns selten gesehen. Sie verkehrte in ihren Kreisen, vornehmlich kirchlichen, und ich in meinen. Zum Streit kam es erst, als unser Vater starb.»

Paul Zimmermann beschrieb, wie sich seine Schwester etwa drei Monate nach Johann Zimmermanns Tod plötzlich für finanzielle Angelegenheiten zu interessieren begann. Sie besorgte sich einen Anwalt, der die Auszahlung des Erbes vorantreiben sollte. Wofür sie das Geld brauchte, habe sie nicht erklärt. Nie hatte sie ein extravagantes Leben geführt. Das meiste Geld gab sie für Reisen sowie für Menschen in Not aus. Als sich zeigte, dass die Regelung des Erbes noch einige Monate dauern würde, kam es zum ersten, heftigen Streit. Sie bestand darauf, bereits einen Teil des Bargeldes zu beziehen, das ihr zustand, doch Paul Zimmermann gab sein Einverständnis nicht. Er begriff nicht, was sie im Schilde führte, fürchtete, sie gebe ihr Vermögen leichtfertig aus.

«Als ‹leichtfertig› wurden die Handlungen Ihrer Schwester von niemandem bezeichnet», warf Kay Gysin ein.

«Das waren sie in der Regel auch nicht. Deshalb hat mich ihr Verhalten auch erstaunt. Ich habe mich gefragt, ob sie vom Pfarrer ausgenützt wurde. Ob sich die Anhänger der Heiligen Verena möglicherweise in sektenähnlichen Kreisen bewegten, verstehen Sie? Aber dafür gab es keine Anzeichen.» Er beugte sich vor. «Sie haben nach ihrem Tod bestimmt das Haus durchsucht. Haben Sie eine Erklärung für ihr Verhalten gefunden? Hat sie in den letzten Monaten grössere Geldbeträge ausgegeben?»

Kay Gysin verneinte. Vor ihren Augen sackte Paul Zimmermann zusammen wie ein Ballon, dem die Luft entwich. Erst jetzt schien ihm klar zu werden, dass er von einer Polizistin und nicht vom Bezirksamtmann befragt wurde. Als er den Grund erfahren wollte, wich Kay Gysin aus.

«Sie wollten wissen, wer etwas gegen mich haben könnte», sagte Paul Zimmermann, seine Hände betrachtend. «Es gibt doch jemanden. Aber ich habe keine Ahnung, warum. Valentin Feurer.»

Kay Gysin verliess das Gefängnis so rasch, dass Martin erneut den Moment verpasste, das weitere Vorgehen zu besprechen. Er bereute inzwischen, dass er ihrem Alleingang zugestimmt hatte. Was würde sie jetzt unternehmen? War sie unterwegs zu ihrem Vorgesetzten? Oder würde sie weiterermitteln, obwohl sie davon ausgehen musste, dass ihr Mann in den Fall verwickelt war? Die Abendsonne tauchte

Bad Zurzach in ein warmes Licht. Unschlüssig schlenderte Martin Richtung Verenamünster. Der Kies unter seinen Füssen knirschte, als er auf den Eingang der Krypta zuging. Behutsam stiess er die Tür auf. Obwohl er nicht religiös war, flössten ihm Kirchen Respekt ein. Was sich nicht mit Formeln berechnen liess, hatte schon immer Unbehagen in ihm ausgelöst.

Die Gruft war angenehm kühl, trotz der brennenden Kerzen auf der Grabplatte. Als sich Martin auf einen der beiden Stühle an der Wand setzte, spürte er die Ruhe, die der Ort ausstrahlte. Er schloss die Augen und liess sie wirken. Eine Kerze gab zischende Geräusche von sich, ansonsten hörte Martin nichts als seinen eigenen Atem. Der hektische Tag mit Kay Gysin hatte ihn alle Gedanken an seine Zukunft verdrängen lassen. Doch nun kamen sie wieder an die Oberfläche und begannen, sich in seinem Kopf zu drehen. Hinzu gesellte sich ein Gefühl von Verlassenheit, das er noch nie verspürt hatte. In diesem Raum hatte all das Platz, was er aus seinem Alltag verbannt hatte. Er spürte ein seltsames Ziehen in der Brust. Sein Atem kam in kurzen Stössen.

Er lehnte den Kopf gegen die Wand und liess die Traurigkeit zu. Er fragte sich, was Vera jetzt machte. War sie zu Hause? Sass sie mit ihrem Kater Rasputin auf dem Balkon und genoss die Aussicht auf den Zürichsee? Oder übte sie Querflöte? Sie hatte erst morgen wieder Dienst; vielleicht hatte sie den freien Tag genutzt, um ihre Eltern auf der andern Seeseite zu besuchen? Wenn sie genug Zeit hatte, fuhr sie mit dem Kursschiff nach Stäfa statt mit dem Zug. Möglicherweise befand sie sich in diesem Moment auf dem Rückweg nach Thalwil, an die Reling gelehnt, die Heckwellen betrachtend. Ob sie auch an ihn dachte? Oder hatte sie innerlich schon mit ihm abgeschlossen?

Martin versuchte, den Kloss hinunterzuschlucken, der sich in seinem Hals gebildet hatte. Auf einmal war ihm die kühle Luft unangenehm. Sie erinnerte ihn an die Kälte, die er empfand, wenn sich Vera jeweils aus seiner Umarmung gelöst hatte. Auch an den wärmsten Tagen hatte der Entzug ihrer Körperwärme ihn im ersten Augenblick erschauern lassen. Er erhob sich, griff nach einer Kerze und zündete sie an. Etwas in ihm war gestorben. Nicht nur die Aussicht auf eine Zukunft mit Vera. Auch die Hoffnung auf eine eigene Familie. Auf ein Zuhause, das aus mehr bestand als aus vier Wänden.

Als er die Kerze aufs Grab stellte, betrachtete Martin das Bild der Heiligen Verena. In der linken Hand hielt sie einen Kamm, in der rechten einen Krug, beides Symbole für die Pflege von Kranken. Das Gesicht auf der Grabplatte war jung, das Haar, das es umgab, aufgelöst. Während Martin das Bild betrachtete, nahm es langsam die Gestalt von Verena Zimmermann an. Er fragte sich, was der Verlust ihres Vaters in ihr ausgelöst hatte. Womit hatte sie die Leere gefüllt? Oder war sein Tod kein Verlust, sondern eine Erlösung gewesen? Hatte sie endlich die Chance auf ein eigenes Leben bekommen?

Martin versuchte, seine Trennung von Vera aus diesem Blickwinkel zu betrachten. Endlich durfte er Überstunden machen, ohne sich zu rechtfertigen. Er müsste kein Interesse mehr an Kunst oder Musik vortäuschen, keine Sandalen tragen, nur weil Vera fand, sie passten besser zu Shorts als Turnschuhe. Überhaupt hätte er morgens keinen Stress mehr vor seinem Kleiderschrank. Ihm war es schliesslich egal, ob sein Hemd farblich zu seinen Socken passte.

Die Vorstellung löste keine Freude in ihm aus. Entmutigt verliess er die Kirche. Trotz der Abendsonne fror er weiterhin. Er kaufte sich einen Kebab bei einem Imbissladen auf der gegenüberliegenden Strassenseite und schlenderte damit zum Kurpark. Auf einem Spielplatz tobten Kinder, ihre lachenden Stimmen machten ihm bewusst, was ihm in seinem Leben fehlte. Rasch durchquerte er den Park, den Kebab mit wenigen Bissen verschlingend. Er ärgerte sich über sein Selbstmitleid, konnte aber nichts dagegen tun. Als er beim Park-Hotel ankam, stachen ihm die Fenster des Solebads ins Auge. Er stellte sich das warme Salzwasser vor und holte seine Badehose aus dem Zimmer.

Die meisten Hotelgäste assen um diese Zeit zu Abend. Deshalb war Martin erstaunt, als er in der Garderobe ein Rascheln hörte. Neben dem Behälter für gebrauchte Frottiertücher entdeckte er Günther Kowarsch. Als dieser Martin erkannte, lächelte er.

«Meiden Sie die Stosszeiten auch?», fragte Kowarsch, aufs Solebad deutend.

«Normalerweise meide ich Bäder generell. Aber jetzt hat es mich plötzlich gepackt.» Martin zog sich um, legte seine Sachen in ein Garderobenkästchen und warf eine Münze ein. Günther Kowarsch tat es ihm gleich.

Das Wasser war so warm, dass Martin ohne zu zögern eintauchte. Als er Luft holte, schmeckte er das Salz auf den Lippen. Er legte sich auf den Rücken und streckte Arme und Beine von sich. An den Wänden hingen Gemälde von Stränden und vom Meer, hinter ihm liess eine breite Fensterfront die Abendsonne herein. Die Ruhe, die er in der Kirche verspürt hatte, kehrte zurück, doch ohne die Kälte, die sie begleitet hatte. Martin liess sich treiben, froh, dass sie nur zu zweit waren. Günther Kowarschs Anwesenheit spürte er kaum. Der Deutsche besass die seltene Gabe, sich in seine Umgebung einzufügen, ohne gross Wellen zu schlagen. Martin war dieser Zug sympathisch.

Als er sich vor die Düsen stellte, gesellte sich Kowarsch zu ihm.

«Es ist fast wie zu Hause auf Sylt», meinte er, auf die Bilder deutend, «nur angenehm warm.»

«Ich wohne an einem See», erwiderte Martin und korrigierte sich gleich wieder. «Wohnte. Trotzdem ist Wasser eigentlich nicht mein Element.»

«Sind Sie deshalb weggezogen?»

«Nein, ich habe mich von meiner Freundin getrennt.» Die Tatsache laut auszusprechen, machte sie realer.

«Das tut mir leid. Ich weiss, wie es ist, wenn man von einem Tag auf den andern alleine ist.» Kowarsch wechselte die Düse. «Meine Frau ist vor zwei Jahren gestorben.»

«Mein Beileid», sagte Martin, dem sein Klagen plötzlich peinlich war.

«Es war eine harte Zeit, aber langsam habe ich die Krise überwunden. In Momenten wie diesen», er machte eine undeutliche Handbewegung, die das Bad und die Sonne umfasste, «wünsche ich mir, sie wäre da. Es hätte ihr gefallen. Aber so ist das Leben nun mal. Man muss das Beste daraus machen.»

Martin dachte an Verena Zimmermann, die nicht nur für sich das Beste daraus zu machen versucht hatte, sondern auch für andere.

«Sie haben Verena Zimmermann gekannt», sagte er. «Wie war sie als Mensch?»

«Gekannt ist übertrieben», meinte Kowarsch. «Doch auf mich wirkte sie … überzeugend. Begeisterungsfähig. Sie schien das, was sie tat, gerne zu tun.»

Martin hielt seine Fusssohle gegen die Düse. Der Wasserstrahl kitzelte wohltuend. Warum hatte er sich so dagegen gewehrt, mit Vera baden zu gehen? Seine Weigerung war der Beziehung bestimmt nicht förderlich gewesen. Es fiel ihm auf, dass sie vor allem die negativen Seiten des Lebens geteilt hatten: Verbrechen, Verluste, den Tod. Kaum hatten sie versucht, sich etwas Schönem hinzugeben, war es zu Meinungsverschiedenheiten gekommen.

«Vielleicht ist begeisterungsfähig das falsche Wort», fuhr Kowarsch fort. «Es ging ein Leuchten von ihr aus, das ich auf ihren Beruf zurückführte. Möglicherweise war sie aber auch verliebt.»

Martin horchte auf. «Verliebt?»

«Sie wissen, wie das ist. Manche Menschen beginnen von innen heraus zu leuchten, wenn sie lieben.»

«Hat sie einen Mann erwähnt?»

Kowarsch hob abwehrend die Hände. «Ich habe sie nur zweimal getroffen. Im Verenamünster und als ich sie zu einem Gespräch wegen der Stiftung traf. Gewichten Sie meinen Eindruck nicht zu stark, ich könnte total falsch liegen.»

Während er duschte, dachte Martin über Günther Kowarschs Worte nach. Bestimmt hätte Verena Zimmermann einer Freundin erzählt, wenn sie tatsächlich verliebt gewesen wäre. Ausser, sie musste es geheim halten. Doch warum? Weil der Mann verheiratet war? Weil sie sich für ihn schämte? Weil sie für seine Liebe bezahlte? Weitere Gründe kamen Martin nicht in den Sinn. Er spülte das Shampoo aus den Haaren und griff nach einem Frottiertuch. Ob er Kay Gysin von Kowarschs Vermutung berichten sollte? Wirkliche Neuigkeiten hatte Martin nicht. Trotzdem hätte er gerne mit ihr geredet. Nicht nur, weil er ihr Vorgehen ansprechen wollte, sondern auch, um sicher zu sein, dass alles mit ihr in Ordnung war. Doch er fürchtete, sie zu stören.

Auf dem Weg zum Lift überlegte Martin, wie er an ihrer Stelle vorgehen würde. Valentin Feurer war nicht nur ihr

Mann, sondern auch der Vater ihres Kindes. Sie würde versuchen, ihn zu schützen, bis sie von seiner Schuld überzeugt war. Also lag es an Martin zu handeln. Allein schon die Vorstellung gab ihm das Gefühl, sie zu verraten.

Im Zimmer öffnete er die Terrassentür und legte sich aufs Bett. Er hörte leise Klavierklänge, vermutlich spielte ein Pianist in der Hotelbar. Die Evergreens versetzten ihn in ein Zeitvakuum. Er fuhr mit der Hand über das leere Bett nebenan und stellte sich vor, Vera ruhte neben ihm. Ob sie auch im Bett lag? In ihrem eigenen? Alleine? Vielleicht tröstete sie in diesem Augenblick der Arbeitskollege, mit dem sie die Affäre gehabt hatte. Bei dieser Vorstellung beschleunigte sich Martins Atem. Abrupt setzte er sich auf. Doch der Schaden war angerichtet. Er brachte das Bild nicht mehr weg.

An Schlaf war nicht zu denken. Martin kämmte sich die Haare, zog ein frisches T-Shirt an und begab sich nach unten. Obwohl er selten Alkohol trank, konnte er einen Drink vertragen. Er hielt nach Kowarsch Ausschau, doch dieser war nirgends zu sehen.

Dafür blieb sein Blick am Pianisten hängen.

Einen Moment lang starrte Martin auf die Gestalt am Klavier. Er sah den Roman von Jane Austen vor sich, an dessen Ecke Blut klebte, hörte in Gedanken Kay Gysins Stimme, als sie sich fragte, was Verena Zimmermann mit dem Park-Hotel verband.

Am Klavier sass Rolf Odermatt.

9.

Kay Gysins Augen waren rot und geschwollen, ihr Haar nachlässig zu einem Zopf geflochten. Sie setzte sich zu Martin an die Bar und bestellte einen Kamillentee. Rolf Odermatt hatte sie bemerkt, er schien jedoch durch ihre

Anwesenheit nicht beunruhigt zu sein. Martin vermutete, dass er unter Drogeneinfluss stand.

«Danke, dass du gekommen bist», sagte Martin. «Ich hoffe, ich habe dich nicht gestört.»

Kay Gysin kam gleich zur Sache. «Ich bin froh, dass du angerufen hast. Rolf Odermatt hat verschwiegen, dass er im Park-Hotel arbeitet.»

Martin erzählte von seinem Gespräch mit Günther Kowarsch und davon, dass Rolf Odermatt behauptet hatte, Paul Zimmermann habe ihn und Verena auseinandergetrieben.

«Bist du sicher? War es nicht der Vater, Johann Zimmermann?», fragte Kay Gysin.

«Nein, Paul Zimmermann. Daran habe ich nicht mehr gedacht, als du heute nachmittag Rolf Odermatt erwähnt hast. Mir hat Rolf im Kurpark erzählt, Paul Zimmermann sei die treibende Kraft gewesen. Vielleicht hat sich die Geschichte nun wiederholt. Könnte es nicht sein, dass Verena Zimmermann nach dem Tod ihres Vaters versucht hat, die alte Liebe neu aufleben zu lassen? Wir haben immer nach einer Verbindung zum Park-Hotel gesucht. Dass Rolf hier arbeitet, könnte das Buch erklären.»

«Wie kommt Günther Kowarsch darauf, dass Verena Zimmermann verliebt war?»

«Er vermutet es nur.» Martin wiederholte die Worte des Deutschen. «Warum wolltest du heute eigentlich mit ihm zu Mittag essen?»

Kay Gysin nahm den Teebeutel aus ihrer Tasse. «Weil ich gehofft habe, dass er sich in einem informellen Rahmen an mehr erinnert. Offenbar zu Recht, wie sich nun herausstellt. Wie erklärst du es dir, dass niemand Verena Zimmermann hier gesehen hat?»

«Vielleicht wollte sie keinen weiteren Streit mit ihrem Bruder riskieren, bis die Angelegenheit mit der Erbschaft geregelt war. Also beschloss sie, die Beziehung mit Rolf Odermatt so lange geheim zu halten. Möglicherweise wartete sie irgendwo auf Rolf, vielleicht sogar oben in der Bibliothek. Es geht selten jemand hin. Dort begann sie, den Roman von Jane Austen zu lesen und nahm ihn anschliessend mit. Vermutlich hatte sie vor, ihn später zurückzubringen. Dazu kam es aber nicht mehr. Stattdessen stritt sie sich mit Rolf. Vielleicht hat sie gemerkt, dass er doch nicht der Richtige war. Er verkraftete eine erneute Absage nicht, griff in seiner Verzweiflung nach der Holzplastik und schlug auf sie ein. Möglicherweise stand er sogar unter Drogeneinfluss. Als er wieder zur Besinnung kam, versuchte er, die Spuren zu verwischen. Er wusste, dass die Polizei irgendwann auf ihn stossen würde, wenn sie eine Verbindung zum Park-Hotel vermutete. Deshalb legte er das Buch zurück.»

«Warum in den Billardraum?»

«Weil dieser am nächsten liegt. Und Rolf das Buch schnell loswerden musste. Dass ein Gast ein Buch im Billardraum vergisst, ist nicht auffällig. Dabei übersah er aber das Blut an der Ecke.»

Kay Gysin starrte auf Rolf Odermatt, der mit geschlossenen Augen «The Entertainer» anstimmte. Martin sah ihr nicht an, was sie dachte.

«Da ist noch etwas», sagte er.

Der Anblick von Rolf Odermatt am Klavier hatte eine Erinnerung geweckt, die Martin zwar in seinem Unterbewusstsein gespeichert hatte, aber deren Bedeutung ihm erst klar geworden war, als er Rolf Odermatt mehr als nur flüchtig verdächtigte. Als Kay Gysin Odermatts Lebenslauf zusammengefasst hatte, hatte sie seine Arbeit bei einem Schlüsselservice erwähnt.

«Wie hat Rolf damals Verena Zimmermanns Schlafzimmer mit Rosenblüten gefüllt?», fragte Martin.

Kay Gysin sah ihn verständnislos an.

«Wie kam er ins Haus?», bohrte Martin weiter. «Johann Zimmermann hat ihn wohl kaum hereingelassen.»

«Der Schlüsselservice!»

«Vielleicht hat Valentin Feurer Recht. Er hat heute nachmittag gesagt, nur weil es möglich sei, ein Haus ohne Schlüssel von aussen zu verschliessen, bedeutet das nicht, dass es tatsächlich so passiert sei.»

Kay Gysins Augen wurden lebendig. Martin spürte die Erleichterung, die sie durchflutete. Wenn Rolf Odermatt für Verena Zimmermanns Tod verantwortlich war, war Valentin Feurer unschuldig. Plötzlich überkamen Martin Zweifel. Hätte er seine Schlussfolgerungen für sich behalten und Kay Gysin nur erzählen sollen, dass Rolf Odermatt im Park-Hotel arbeitete? Der rote Lack im Schliesszylinder deutete immer noch darauf hin, dass Valentin Feurer involviert war.

«Ich werde Valentin um einen Durchsuchungsbefehl für Rolf Odermatts Wohnung bitten. Wenn er endlich sein Handy einschaltet», fügte sie leise hinzu.

Martin sah sie fragend an.

«Er ist nicht nach Hause gekommen.» Kay Gysin wickelte den Teebeutel mit dem Faden um ihren Löffel. «Ich habe … eigentlich spielt es jetzt keine Rolle mehr.»

«Wenn du darüber reden möchtest, ich habe ein offenes Ohr.»

Tränen stiegen ihr in die Augen. «Entschuldige, es ist … eine Privatsache. Es hat nichts mit dem Fall zu tun.» Offenbar drückte Martins Gesicht Zweifel aus, denn sie fuhr kopfschüttelnd fort. «Ich habe heute abend in Valentins Sachen geschnüffelt. Die Geschichte mit dem Kratzer liess mir einfach keine Ruhe. Ich brauchte eine Erklärung. Da habe ich gesehen, dass er … von Mias Konto Geld abgehoben hat.» Sie senkte den Blick. «Alles Geld abgehoben hat.»

«Das tut mir leid. War es viel?»

«Ja. Wir haben vom Tag ihrer Geburt an tausend Franken pro Monat überwiesen. Wir wollten ihr das Konto an ihrem dreissigsten Geburtstag überschreiben. Warum soll sie erst erben, wenn sie fünfzig oder sechzig ist? Besser, sie hat früher etwas davon.»

Martin rechnete nach. Wenn Mia jetzt zehn Jahre alt war, hatten sich über 120 000 Franken auf dem Konto befunden. Er stiess einen leisen Pfiff aus.

«Ich weiss nicht, wofür er das Geld brauchte.»

«Spielt er?»

Sie schüttelte den Kopf.

Martin drängte sich die Frage auf, ob Valentin Feurer eine Geliebte hatte, doch er stellte sie nicht. Kay Gysins Gedanken gingen mit Sicherheit ebenfalls in diese Richtung. Auch wenn sie nicht glaubte, dass ihr Mann einen Mord begangen hatte, so wusste sie, dass er etwas verheimlichte.

Sie leerte ihre Tasse und stand auf. «Ich muss Valentin finden. Bitte sprich nicht mit Rolf Odermatt. Ich will nicht, dass er etwas von der geplanten Hausdurchsuchung erfährt.»

Martin versprach, nichts zu verraten. Als sich Kay Gysin von ihm verabschiedete, bat er, bei der Hausdurchsuchung dabei sein zu dürfen. Lange starrte sie auf ihre Füsse. Schliesslich nickte sie. Martin wollte sich für sein Misstrauen entschuldigen, doch er wusste, dass es gerechtfertigt war.

Rolf Odermatt wohnte im Unterflecken. Die «Untere Krone» war ein Steinbau mit Treppengiebel aus dem

16. Jahrhundert. 1822 war das Gebäude teilweise durch einen Brand zerstört worden. Zehn Jahre später gelangte es in den Besitz von Jakob Friedrich Welti, dem Vater des späteren Bundesrats Emil Welti. Noch heute erinnerte die Anschrift am Haus an den berühmten Förderer der Gotthardbahn.

In der Wohnung von Rolf Odermatt spürte Martin nichts von der bedeutungsvollen Vergangenheit des Gebäudes. Die drei Zimmer waren mit bunt zusammengewürfelten Möbeln gefüllt, von denen die meisten aus dem Brockenhaus zu stammen schienen. Nur im Musikraum herrschte eine asketische Ordnung. In einer Ecke stand ein Flügel, beim Fenster befand sich ein tiefes Sofa mit schweren Kissen.

Kay Gysin musste die ganze Nacht auf gewesen sein, um die Hausdurchsuchung so rasch zu organisieren. Offenbar war Valentin Feurer irgendwann zurückgekehrt, sonst hätte sie die nötigen Papiere nicht erhalten. Jetzt war vom Bezirksamtmann jedoch nichts zu sehen. Rolf Odermatts Wohnung war hauptsächlich mit Kriminaltechnikern gefüllt, die nicht begriffen, was Martin hier zu suchen hatte. Eine Erklärung konnte er nicht abgeben, ohne Kay Gysin in Verlegenheit zu bringen. Deshalb heftete er sich an ihre Fersen, auch wenn er dadurch mehr hinderlich als nützlich war.

Rolf Odermatt beobachtete das Treiben aus verschlafenen Augen. Er hatte sich nicht die Mühe gemacht, sein Hemd zuzuknöpfen, so dass sein erstaunlich straffer Bauch sichtbar war. Ab und zu kratzte er sich, eher verwundert als nervös. Martin wusste nicht, ob er nichts zu verbergen hatte oder einfach noch nicht wach genug war, um zu begreifen, was vor sich ging.

Aus der Küche rief ein Kriminaltechniker Kay Gysin etwas zu, kurz darauf stand er in der Tür. In der mit Latexhandschuhen bekleideten Hand hielt er einen durchsichtigen Plastikbeutel hoch.

Plötzlich kam Leben in Rolf Odermatt. «Was soll das? Gib mir meine Sachen zurück! Ich darf wohl noch in meinen eigenen vier Wänden Gras rauchen!»

«Es lag offen im Schrank, neben einer Packung Kaffee», erklärte der Kriminaltechniker.

«Keine weiteren Drogen?», wollte Kay Gysin wissen.

«Bis jetzt nicht. Aber …»

«Verschwindet! Was habt ihr hier überhaupt zu suchen?» Rolf Odermatt stand schneller auf, als Martin es ihm zugetraut hätte. Erst als ihm Kay Gysin mit Handfesseln drohte, setzte er sich wieder. Wütend blinzelte er unter schweren Augenlidern hervor. Als er Martin wahrnahm, trat ein enttäuschter Ausdruck auf sein Gesicht. «Steckst du dahinter? Hat dieses Theater hier mit dem zu tun, was ich dir über Verena erzählt habe?»

«Warum kommen Sie darauf, dass Herr Angst für die Hausdurchsuchung verantwortlich ist?», wollte Kay Gysin wissen.

«Weil ich ihn …» Rolf Odermatt drehte sich zu Martin. «Ich war offen zu dir, im Park vorgestern. Ist das der Grund? Was hast du der Polizei gesagt?»

«Herr Odermatt, ist es richtig, dass Sie im Park-Hotel arbeiten?»

Verwirrt fuhr sich Rolf Odermatt durch die Haare, die anschliessend in alle Richtungen abstanden. «Was hat das mit Verena zu tun?»

«Bitte beantworten Sie die Frage.»

«Ab und zu, ja. Es ist kein fester Auftrag. Warum?»

«Haben Sie zu den Gästen Kontakt?»

«Geht es hier gar nicht um Verena? Scheisse, ich brauche einen Kaffee.»

«Herr Odermatt …»
«Nein, ich habe nichts mit den Gästen zu tun.»
«Haben Sie Verena Zimmermann irgendwann im Park-Hotel getroffen?»
«Natürlich nicht. Was sollte sie dort?»
Kay Gysin sah ihn herausfordernd an.
«Nein, verdammt. Ich will wissen, was hier los ist!»
Martin hörte, dass keine Geräusche mehr aus dem Schlafzimmer drangen. Auch Rolf Odermatt merkte, dass sich die Stimmung verändert hatte. Er griff nach einem Päckchen Zigaretten auf einer Kommode und klopfte eine Zigarette heraus, um sie sich mit zitternden Händen zwischen die Lippen zu stecken. Bevor er sie anzünden konnte, rief ein junger Polizist nach Kay Gysin.
Martin blieb bei Rolf Odermatt, der stumm zum Schlafzimmer sah. Als Kay Gysin zurückkam, trug sie ebenfalls Handschuhe. Mit zwei Fingern hielt sie einen Schlüssel hoch.
«Scheisse», flüsterte Rolf Odermatt.

Bei der anschliessender Befragung behauptete er, den Schlüssel vergessen zu haben. Er habe ihn vor fast dreissig Jahren illegal nachgemacht, um Verena ab und zu überraschen zu können. Dass er den Schlüssel kürzlich eingesetzt habe, um das Haus der Zimmermanns zu betreten, stritt er ab. Ob er die Wahrheit sagte, war einfach zu überprüfen. Ein Kriminaltechniker musste nicht Schlüsselexperte sein, um festzustellen, ob ein Schlüssel kürzlich benützt worden war. Er musste lediglich die Oxydationsschicht überprüfen. Deshalb hatte Martin abgelehnt, als Kay Gysin ihn gebeten hatte, den Schlüssel selbst zu untersuchen. Er hatte seinen Aargauer Kollegen angemerkt, dass sie seine Anwesenheit als störend empfanden. Da sie den wahren Grund dafür nicht kannten, vermuteten sie, Martin fühle sich ihnen als Mitarbeiter des Wissenschaftlichen Dienstes, der schweizweit ein hohes Ansehen genoss, überlegen.

«Die Kollegen im Labor werden rasch herausfinden, ob Sie lügen», sagte Kay Gysin.

«Ich lüge nicht.»

«Wann haben Sie das letzte Mal mit Verena Zimmermann gesprochen?»

«Das habe ich alles schon einmal erzählt.»

«Bitte beantworten Sie die Frage.»

Mit einem übertriebenen Seufzer sagte Rolf Odermatt: »Ich habe sie immer wieder mal im Flecken angetroffen. Natürlich grüsst man sich. Aber wann genau das letzte Mal war, weiss ich nicht. Ich habe die Tage nicht in meiner Agenda angestrichen.»

«Warum haben Sie den Schlüssel nie weggeworfen?»

Rolf Odermatt zuckte mit den Schultern. «Wie gesagt, ich habe ihn vergessen.» Als er sah, dass Kay Gysin ihm nicht glaubte, sagte er: «Okay, ich gebe zu, damals wollte ich ihn behalten. Ihn fortzuwerfen war, als würde ich die Hoffnung begraben, dass Verena irgendwann zur Besinnung käme. Ich meine, ein Leben lang konnte sie nicht auf ihren Bruder hören. Aber mit ihrem Vater habe ich nicht gerechnet. Johann Zimmermann war noch sturer als Paul. Und dann lief es, wie die Dinge halt so laufen. Sie wurde mir immer weniger wichtig, der Schlüssel ging unter. Ich bin keiner, der andauernd ausmistet.»

Wenigstens diese Aussage entsprach der Wahrheit. In Rolf Odermatts Wohnung hatte die Polizei einen Kalender aus dem Jahr 1987 gefunden. Sein Staubsauger war so alt, dass er die kaputte Abdeckung nicht mehr reparieren lassen konnte. Offenbar ersetzte er nur das Nötigste. Entweder war er chronisch knapp bei Kasse, oder er hing an der Vergangenheit. Vielleicht betrachtete er es auch als Herausforderung, Geräte möglichst lang in Betrieb zu halten. Darauf angesprochen, erzählte Rolf Odermatt begeistert von Paul Bächli, der in Bad Zurzach einen über 100jährigen Gemischtwarenladen betrieb, den letzten seiner Art. Dort konnte ein Kunde heute noch einzelne Schrauben, Ersatzteile und uralte Haushaltsgegenstände kaufen. Kay Gysin mochte dafür kein Verständnis haben, doch Martin begriff, was Rolf Odermatt daran faszinierte. Einen Gegenstand am Leben zu erhalten, war wie ein Geschicklichkeitsspiel. Einen Grund brauchte es nicht. Dazu passte, dass Rolf Odermatt auch einen Schlüssel behielt, den er nicht mehr brauchte.

«Sie haben gesagt, Paul Zimmermann habe die Beziehung zwischen Ihnen und Verena Zimmermann zerstört. Wie kam das?», fragte Kay Gysin.

«Das habe ich nicht gesagt. Wir hatten gar nie eine richtige Beziehung. Da war nur so ein Gefühl, dass aus uns etwas werden könnte. Paul hat das auch gespürt. Deshalb hat er alles getan, damit es nie so weit kam.»

«Was genau hat er getan?»

«Schlecht über mich geredet, Lügen verbreitet, Verena gedroht, er werde ihr nicht helfen, wenn ich sie in Schwierigkeiten brächte, solche Dinge eben.»

«Was hat das in Ihnen ausgelöst?»

«Es hat mich natürlich saumässig geärgert! Er hatte kein Recht, sich einzumischen! Ausserdem, was wusste er schon über mich? Nur weil ich nicht studierte, war ich noch lange kein Idiot.»

Kay Gysin faltete die Hände.

«Was ist? Gehören Sie auch zu jener Sorte? Glauben Sie, nur weil ich ab und zu kiffe, würde ich nicht vor einem Mord zurückschrecken? Wo sind wir hier eigentlich?»

«Und?»
«Und was?»
«Haben Sie es getan?»
«Nein, verdammt noch mal! Sie können mich noch hundertmal fragen, ich war es nicht.»
«Was empfinden Sie heute Paul Zimmermann gegenüber?»
«Was ich empfinde? Er ist immer noch ein Arsch. Er hat sich kein bisschen verändert.»
«Hassen Sie ihn?»
«Klar!» Plötzlich lachte Rolf Odermatt. «Aber Sie denken doch nicht… dass ich absichtlich, ich meine… Scheisse.»

Martin ging den Tierparkweg entlang, in Gedanken bei Kay Gysin. Die Mittagssonne brannte auf seinen Nacken, und er dachte an die Sonnencrème, die ungeöffnet zwischen seinen Badesachen lag. Er hatte bereits ausgecheckt, den Koffer im Hotel eingestellt. Morgen musste er wieder arbeiten, einen weiteren Tag konnte er die Abreise also nicht verschieben.

Nach der Befragung hatte er Kay Gysin wieder auf Valentin Feurer angesprochen. Erneut hatte sie ihn gebeten, ihr noch einige Stunden Zeit zu geben. Sie wollte noch einmal mit Paul Zimmermann sprechen. Vielleicht hoffte sie, er würde sich an einen Zwischenfall mit Rolf Odermatt erinnern, der ihm bis jetzt unwichtig erschienen war. Martin jedenfalls glaubte nicht, dass das Gespräch sie weiterbrächte. Auf seinem Handy hatte er die Nummer ihres Vorgesetzten gespeichert. Wenn sie diesen nicht bis zu seiner Abreise über den roten Lack informierte, würde er es tun müssen.

Der Weg ging in eine Treppe über, die zum Waldrand führte. Martin joggte hoch, froh um die Ablenkung. Als er oben ankam, klingelte sein Handy. Das Display zeigte «Vera» an. Mit gemischten Gefühlen nahm er den Anruf entgegen.

«Bist du immer noch in Bad Zurzach?», fragte Vera nach einer zurückhaltenden Begrüssung.

«Noch einige Stunden.»

«Kommst du heute nach Hause? Ich meine, nach Thalwil?»

«Ich habe es vor. Alle meine Sachen sind dort.»

«Ich könnte dich abholen», schlug sie vor. «Mein Dienstplan wurde abgeändert. Ich bin heute bereits um 16 Uhr fertig. Und wie du gesagt hast, ist Bülach nur einen Katzensprung entfernt.»

Martin kannte Vera gut genug, um zu verstehen, dass dies ein Friedensangebot war. Obwohl er lieber mit dem Zug gefahren wäre, sagte er zu. Immerhin hatte er so einen Grund, Kay Gysin eine Zeitlimite zu setzen. Er verabschiedete sich von Vera und drückte auf aus. Die Erleichterung, die er plötzlich empfand, überraschte ihn selbst. Er mochte Streit nicht, egal, mit wem. Aber sich so von Vera zu trennen, nach acht intensiven Jahren, hätte ihm mehr zugesetzt, als er realisiert hatte.

Mit neuer Energie setzte er den Aufstieg fort, bis er zum Tierpark kam. Dort spazierte er in Gedanken versunken zwischen den Gehegen hindurch. Eine heisere Stimme, die ihm bekannt vorkam, sagte etwas über die Instinkte von Tieren. Als Martin aufsah, erkannte er die Frau, die auf dem Achenberg behauptet hatte, Verena Zimmermann besitze übernatürliche Fähigkeiten. Er lächelte über die Erinnerung, und sie lächelte zurück. An ihrer Seite stand ein etwa 8jähriger Junge, ihr Patenkind, wie sie ihm erklärte.

«Josie Ammann», stellte sie sich vor.

«Ich habe Sie neulich auf dem Achenberg gesehen», sagte Martin.

«Wirklich? Ich kann mich nicht an Sie erinnern.»

«Ich sass am Nebentisch mit meiner Freundin.»

Josie Ammann entschuldigte sich. «Ich habe ein schlechtes Gedächtnis für Gesichter.»

«Sie haben über eine Frau mit übernatürlichen Fähigkeiten gesprochen.»

«Verena Zimmermann.» Josie Ammann nickte. Der Junge scharrte ungeduldig mit dem Fuss. Sie gab ihm eine Münze, und er rannte davon, um sich etwas zu kaufen. «Ein furchtbares Schicksal. Sie wurde … ermordet.»

Martin erklärte, dass er Bescheid wisse. «Was meinten Sie damals, als Sie Verena Zimmermanns übernatürliche Fähigkeiten ansprachen?»

Josie Ammann lächelte beschämt. «Sie finden das bestimmt komisch.»

«Es gibt nicht für alles eine Erklärung.»

«Ich meinte damit nicht magische Kräfte. Verena hatte einfach eine Gabe, die manchmal fast übernatürlich war. Sie spürte die Stimmung ihres Gegenübers, merkte, wie sich jemand fühlte. Sie bot ihre Hilfe an, bevor man überhaupt realisierte, dass man sie benötigte. Es war sehr schwierig, sie zu täuschen.»

«Sie haben ein Deusser-Bild angesprochen, das sie angeblich besessen hat.»

«Ich habe es mit eigenen Augen gesehen. Verenas Vater hatte einige Kunstgegenstände, von denen niemand weiss, dass sie existieren. Ich weiss, es klingt komisch, aber ich glaube, er genoss es, Informationen zurückzuhalten. Johann Zimmermann war ein sehr machthungriger Mann. Er versteckte es gut, aber so, wie er seine Tochter ein Leben lang an sich band, ging er auch mit andern Menschen um. Immer wieder zog er Asse aus dem Ärmel und setzte sie ein, um andere nach seiner Pfeife tanzen zu lassen.»

«Sie kannten ihn gut.»

«Verena und ich waren früher eng befreundet. Mit der Zeit wurde die Beziehung loser. Ich hatte immer mehr Mühe mit der Tatsache, dass für sie ihr Vater an erster Stelle stand. Nie werde ich eine Städtereise vergessen, die wir geplant hatten. Im letzten Moment sagte sie ab, weil es Johann Zimmermann offenbar schlecht ging. Ich glaube, sie war so oft alleine unterwegs, weil sie die Kritik ihrer Freundinnen nicht mehr ertrug. Die meisten hatten für ihr Verhalten kein Verständnis. Als ich nach Döttingen zog, sahen wir uns kaum mehr. Das war vor neun Jahren. Diesen April habe ich sie zufällig getroffen, da hat sie mich zum Kaffee eingeladen. Sie erzählte mir vom Tod ihres Vaters. Der Verlust hatte viel in ihr ausgelöst. Sie war auf der Suche nach sich selbst, fragte sich zum erstenmal in ihrem Leben, was sie wirklich wollte. Es war eine traurige Begegnung. Gleichzeitig strahlte Verena aber etwas Hoffnungsvolles aus. Sie fragte mich sogar, ob es lächerlich sei, in ihrem Alter von Liebe zu träumen.»

«Liebe? Sind Sie sich sicher?»

Josie Ammann nickte, einen verträumten Ausdruck auf dem Gesicht. «Sie hat keinen bestimmten Mann erwähnt, es war eher eine allgemeine Frage. Ob es tatsächlich möglich sei, dass jemand sie noch attraktiv finde. Ich schloss daraus, dass sie jemanden kennengelernt hatte. Mir gingen ihre Worte lange nach.»

Josie Ammans Patenkind kehrte mit einer Glace in der Hand zurück. Martin begleitete die beiden noch eine halbe Stunde durch den Tierpark, erfuhr aber nichts mehr über Verena Zimmermann. Auf dem Weg zurück nach Bad Zurzach überlegte er, ob sie sich tatsächlich verliebt hatte.

Warum hätte Rolf Odermatt diese Tatsache verschweigen sollen? Die einzige Erklärung dafür war, dass Verena Zimmermanns Liebe nicht ihm gegolten hatte. Also musste sie sich heimlich mit einem Mann getroffen haben, wie Kay Gysin vermutet hatte. Während ihrer Ermittlungen hatten sie aber keine Hinweise auf verborgene Rendezvous entdeckt. Alle Gäste des Park-Hotels waren überprüft worden, bis jetzt ohne Erfolg. Wer war dieser Unbekannte?

Martin liess seinen Blick über Bad Zurzach schweifen. Der Anblick des Schlosses brachte ihn auf einen Gedanken. Wenn tatsächlich ein Deusser-Bild aus Johann Zimmermanns Nachlass verschwunden war, musste Verena etwas damit zu tun gehabt haben. Wusste Paul Zimmermann davon? Martin dachte an den Streit der Geschwister. Offenbar hatte Verena Bargeld gebraucht. Wofür? Und warum so schnell? Er griff nach seinem Handy.

Kay Gysin nahm nicht ab. Vielleicht befragte sie Paul Zimmermann immer noch.

Martin schickte ihr eine SMS: «Frag ihn, ob V.Z. kürzlich ein Deusser-Bild verkauft hat.»

10.

Kay Gysin meldete sich nicht. Während Martin auf ihren Rückruf wartete, schlenderte er zum Schloss. Diesmal betrachtete er die Gemälde aus einem ganz anderen Blickwinkel. Er fragte nach Gustav Brem und erfuhr, dass dieser in einer Besprechung war. Martin beschloss zu warten. Schliesslich hatte er nichts anderes vor. Er verliess das Museum und setzte sich ins Restaurant. Ein einzelner Gast blätterte in einer Zeitung. Martin erkannte den Kunsthändler Clarenbach, der kürzlich im Park-Hotel zu Mittag gegessen hatte.

«Ist hier noch frei?», fragte Martin.

Irritiert sah Ulrich Clarenbach auf. Der Anstand verbot es ihm, Martin auf die vielen unbesetzten Plätze an den anderen Tischen hinzuweisen. Er nickte und las weiter.

«Ich habe mir soeben die Ausstellung angesehen», sagte Martin. «Eindrücklich.»

«Ja.»

«Ich staune über August Deussers Vielfalt. Auch über die Anzahl Bilder, die er gemalt hat.»

«Deusser war sehr produktiv.»

«Wissen Sie, ob die Bilder käuflich sind?»

Endlich sah Ulrich Clarenbach auf. «Nicht alle. Sind Sie daran interessiert, eines zu erwerben?» Er betrachtete Martin, als versuche er abzuschätzen, ob dieser die nötigen Mittel dazu hätte. Mit einer Spur Skepsis in der Stimme erklärte er, dass er Kunsthändler sei.

«Handelt ein Kunsthändler eigentlich mit Bildern aller Künstler, oder ist es üblich, sich zu spezialisieren?», fragte Martin, um vom Thema abzulenken.

«Beides. Ich habe mich auf einige Maler aus dem frühen zwanzigsten Jahrhundert spezialisiert. Ich könnte Ihnen aufzählen, wo sich die meisten ihrer Werke zurzeit befinden. Daneben suche ich aber auch auf Auftrag nach einem bestimmten Künstler oder Gemälde.»

«Dann sind Sie beruflich hier?»

«Richtig.»

«Offenbar bin ich nicht der Einzige, dem Deusser gefällt», lächelte Martin.

Ulrich Clarenbach zögerte. «Ich hätte ein Bild, das ich zum Verkauf anbieten möchte. Ich habe mich aus Höflichkeit zuerst an die Deusser-Stiftung gewandt. Wenn sie aber nicht interessiert ist, werde ich das Werk Privaten offerieren.»

«Mich interessieren eigentlich nur die blauen Pferde», sagte Martin.

Jetzt hatte er Ulrich Clarenbachs volle Aufmerksamkeit. Plötzlich war Martin unwohl. Was er hier tat, passte eher zu Vera als zu ihm. Er führte nicht nur den Kunsthändler an der Nase herum, er mischte sich auch in Kay Gysins Ermittlungen ein.

Ulrich Clarenbach reichte Martin seine Karte. «Bis morgen will sich die Deusser-Stiftung entscheiden. Rufen Sie mich an.»

«Handelt es sich tatsächlich um ein Pferde-Bild von Deusser? Wie kamen Sie in seinen Besitz?»

«Über einen Zwischenhändler.»

«Entschuldigen Sie, ich verstehe nicht viel vom Kunsthandel.»

«Ein Zwischenhändler, der über mein Spezialgebiet Bescheid wusste, hat es mir angeboten. Zuerst habe ich an der Echtheit gezweifelt, doch inzwischen steht fest, dass es sich um ein Original handelt.»

«Und woher hatte dieser Zwischenhändler das Bild?» Als Ulrich Clarenbach nicht antwortete, fügte Martin drohend hinzu: «Mit Diebstahl will ich nichts zu tun haben!»

«Ich kann Sie beruhigen. Die Besitzerin hat das Werk verkauft.»

Martin spürte, wie das Adrenalin durch seinen Körper schoss. Wie viele Frauen besassen Werke von August Deusser? Es musste sich um Verena Zimmermann handeln. Auf einmal erstarrte er. Ulrich Clarenbach wohnte im Park-Hotel. Wenn Verena Zimmermann ihm tatsächlich ein Deusser-Bild verkauft hatte, so hatte sie dies hinter dem Rücken ihres Bruders getan. Das heisst, sie hatte den Kunsthändler aller Wahrscheinlichkeit nach irgendwo getroffen, wo sie niemand zusammen gesehen hätte. War es möglich, dass es dabei zu einem Streit gekommen war? Oder – ganz im Gegenteil? Hatte sie endlich einen Mann gefunden, der ihre Interessen teilte? Hatte sie sich gar in Ulrich Clarenbach verliebt? War er der Unbekannte?

Bevor Martin weitere Fragen stellen konnte, hörte er rasche Schritte. Als er aufsah, stand Kay Gysin vor ihm. Hastig verabschiedete er sich vom Kunsthändler. Er folgte Kay Gysin durch den gepflegten Park. Da sie einen engen Rock trug, machte sie kleine Schritte. Trotzdem musste sich Martin beeilen, um sie einzuholen.

«Was war das?», fragte sie wütend, nachdem sie den Parkplatz erreicht hatten.

«Entschuldige, ich habe nur …»

«Ich weiss genau, was du ‹nur› gemacht hast! Ich habe dir bereits einmal gesagt: Ich leite diese Ermittlung. Ich habe bereits genug Ärger am Hals! Halte dich raus.»

Martin verkniff sich einen bissigen Kommentar. Dass Kay Gysin Ärger hatte, lag nicht zuletzt daran, dass sie ihrem Vorgesetzten wichtige Informationen verschwieg. Hätte Martin nicht Verständnis für ihre Situation gehabt, hätte er auf der Stelle den längst überfälligen Anruf erledigt.

«Du warst bei Gustav Brem», sagte er stattdessen.

Kay Gysins Augen funkelten immer noch zornig. «Das Deusser-Bild existiert.»

«Weiss Paul Zimmermann davon?», fragte Martin.

Kay Gysin holte ihren Autoschlüssel hervor. Einen Moment lang glaubte Martin, sie würde ihm nicht antworten. Dann zeigte sie auf die Beifahrertür. Als sie beide im Wagen sassen, holte sie das Foto eines Gemäldes hervor. Darauf waren fünf Pferde in verschiedenen Farben abgebildet, das mittlere davon in einem kräftigen Blau.

«Nein, Paul Zimmermann hat nichts davon gewusst. Entweder hat Johann Zimmermann seiner Tochter vom

Gemälde erzählt, oder sie ist irgendwie darauf gestossen. Warum sie das Geheimnis hütete, weiss ich nicht. Vielleicht ahnte sie, dass die Aufteilung des Erbes zu Streit führen würde. Das werden wir wohl nie mehr erfahren. So viel ist jedoch klar: Drei Monate nach dem Tod ihres Vaters kam das Gemälde auf den Markt. Ein dubioser Händler kassierte dafür 250 000 Franken.»

«Dubios? Ulrich Clarenbach wirkt auf mich ziemlich seriös.»

«Clarenbach ist der Käufer. Der Händler, von dem ich spreche, hat ein langes Vorstrafenregister. Unklar ist, wie Verena Zimmermann an ihn herankam.»

«Sie hatte keinen direkten Kontakt zu Clarenbach? Bist du sicher?» Martin erzählte von seinem Verdacht.

«Möglicherweise hat sie Clarenbach später persönlich kennengelernt», sagte Kay Gysin nachdenklich. «Verkauft hat sie das Gemälde jedoch nicht ihm.»

«Und wo ist das Geld?»

Auf einmal schien Kay Gysin in sich zusammenzufallen. Sie zuckte mit den Schultern, Martins Blick ausweichend. Er begriff nicht, was sie auf einmal belastete. Sie startete den Motor und fuhr mit einem Ruck an, ohne zu fragen, wohin er wolle. Als sie vor dem Park-Hotel hielt, stieg er aus. Er nahm an, sie würde den Wagen abstellen und das Gespräch bei einer Tasse Kaffee weiterführen, doch nachdem er ausgestiegen war, fuhr sie ohne Abschied davon. Sprachlos stand Martin am Strassenrand.

«Frauen», sagte eine Stimme hinter ihm. «Wer versteht sie?»

Schon wieder der Jogger. Warum verbrachte er seine Ferien an einer Shuttle-Bus-Haltestelle, fragte sich Martin irritiert.

«Was ist mit ihrem Porsche passiert?», wollte der Jogger wissen.

«Was machen Sie eigentlich hier?», konterte Martin.

Der Jogger lachte. «Wellness. Zusammen mit meiner Frau. Doch hier fühle ich mich um einiges weller, wenn du verstehst, was ich meine.»

«Nein», sagte Martin ungeduldig. «Ich verstehe nicht.»

Der Jogger machte eine Handbewegung Richtung Hotel. «24 Stunden mit meiner Frau zusammen zu sein, macht mich eher krank als gesund. ‹Well› heisst gesund, oder? Nun, hier unten fühle ich mich gesünder. Meine Frau will mich täglich zu irgendwelchen Massagen oder Behandlungen schleppen, aber ich konnte sie davon überzeugen, dass etwas Bewegung genauso wichtig ist. Also ziehe ich meine Joggingsachen an und darf mich hier erholen, während sie sich im Spa in Form bringen lässt.»

Plötzlich musste Martin lachen. «Findet sie es nicht seltsam, dass Sie nie schwitzen?»

«Wozu gibt es das Solebad?», strahlte der Jogger. «Das Wasser ist nicht nur nass, sondern auch salzig. Und unterhaltsam ist es dort unten erst noch.»

«Wie das?»

Der Jogger schaute nach links und nach rechts, dann lehnte er sich zu Martin hinüber. «Du würdest nicht glauben, was im Bad alles los ist.»

Martin zog die Augenbrauen hoch.

«Da war ein Paar. Beide so um die fünfzig.» Er kicherte. «Das nenne ich Wellness!»

«Im Solebad?», fragte Martin amüsiert.

«Ich schwör's! Ich hab sie mit eigenen Augen gesehen. Besser gesagt, ihn. Von ihr war nicht viel zu sehen. Wir Schweizer würden uns nie dazu hinreissen lassen. Ich sag dir, von den Deutschen können wir noch einiges lernen!»

«Er war Deutscher?»

Der Jogger seufzte. «Ich kann froh sein, wenn mich meine Frau einmal die Woche an sich heranlässt. Wie das mit fünfzig sein wird, will ich mir gar nicht erst vorstellen.»

Als Veras Renault vorfuhr, hatte sich Kay Gysin immer noch nicht gemeldet. Der Jogger war zum Solebad hinunter gegangen, und Martin hatte seinen Platz auf der Bank eingenommen. Vera winkte ihm zu und stellte ihren Wagen auf den letzten freien Parkplatz. Martin lief ihr entgegen. Als er vor ihr stand, wusste er plötzlich nicht, wie er sie begrüssen sollte. Ihre alte Beziehung war vorbei, die neue noch nicht definiert. Vera nahm ihm die Entscheidung ab, indem sie sich auf die Zehenspitzen stellte. Er bückte sich und küsste sie. Dem Verlangen, sie an sich zu drücken, widerstand er.

«Martin», platzte sie gleich heraus. «Es tut mir leid! Das war furchtbar von mir! Ich weiss nicht, was in mich gefahren ist. Ich glaube, es war alles irgendwie zu viel. Ich meine, mit uns, dass es einfach vorbei ist, auch wenn wir es schon lange haben kommen sehen, die Vorstellung, dass du irgendwann jemand anders lieben wirst, versteh mich nicht falsch, natürlich hast du das verdient! Aber …»

Martin gab ihr einen zweiten Kuss. «Magst du etwas mit mir trinken, bevor wir losfahren?»

Vera seufzte laut. «Ich könnte ein Bier vertragen.»

Hand in Hand überquerten sie den Parkplatz. Martin holte an der Bar zwei Bier, doch statt sich damit auf die Terrasse zu setzen, ging er durch die Parkanlage zur überdachten Pergola. Er schob zwei Korbsessel nebeneinander und stellte die Biergläser auf einen Beistelltisch. Von hier oben hatten sie Ausblick auf den Teich, waren aber für sich. Der Ort vermittelte einem ein Gefühl von Geborgenheit, möglicherweise, weil er gegen hinten abgeschirmt war.

«Es war furchtbar, alleine zurückzufahren», gestand Vera. «Vor allem, weil ich wusste, dass es von nun an immer so sein würde.»

Langsam begannen sie, über ihre Zukunft zu reden. Am Anfang zögerlich, doch bald wandte sich das Gespräch konkreten Schritten zu. Sie beschlossen, dass sich Martin eine neue Wohnung suchen, sich aber so viel Zeit nehmen würde, wie er brauchte. Bis dahin würden sie in einer Art Wohngemeinschaft leben, das heisst, dass beide frei wären und einander keine Rechenschaft schuldeten. Nachdem das Organisatorische erledigt war, verloren sie sich in Erinnerungen. Lachen und Tränen lagen nahe beieinander. Martin war froh, dass sie so offen miteinander sprechen konnten. Wenn in Veras Leben alles so lief, wie sie es sich wünschte, würden sie vielleicht irgendwann zusammen arbeiten. Unvorstellbar, wenn eine hässliche Trennung ihr Verhältnis in Zukunft trüben würde.

«Sag mal, ganz ehrlich, gefällt sie dir, diese Polizistin?», fragte Vera.

«Welche?»

Vera boxte ihn ins Bein.

«Ein bisschen, vielleicht», gab Martin zu. «Aber sie ist verheiratet.» Als er an Valentin Feurer dachte, bekam er ein schlechtes Gewissen. Er hatte immer noch nichts unternommen. Er zögerte den Anruf an Kay Gysins Vorgesetzten in der Hoffnung hinaus, alles würde sich von selber regeln.

Vera merkte sofort, dass etwas nicht stimmte. Mit einer vagen Erklärung liess sie sich nicht abspeisen, also berichtete Martin die Ereignisse der letzten 24 Stunden. Sie hörte aufmerksam zu, stellte dazwischen immer wieder Fragen. Als Martin zum Schluss kam, fasste sie seine Gedanken zusammen.

«Du glaubst also, Verena Zimmermann habe das Deusser-Bild ihres Vaters heimlich an einen Händler verkauft, der es daraufhin Ulrich Clarenbach angeboten hat. Später haben sich die beiden getroffen, und es hat zwischen ihnen gefunkt. Sie haben sich im Solebad verabredet, damit Paul Zimmermann nichts von der Beziehung erfuhr. Irgendetwas lief schief. Es kam zum Streit, Clarenbach erschlug Verena Zimmermann. Zufälligerweise kam ihr Bruder gerade dann vorbei. Clarenbach erkannte die Chance, die sich ihm bot. Er veränderte den Tatort und zwar so, dass alles auf Paul Zimmermann als Täter hinwies. Dann nahm er das Buch, ging damit zurück ins Park-Hotel und legte es in den Billardraum, damit niemand Verena Zimmermann mit dem Hotel in Verbindung brachte. Schliesslich verschwand Clarenbach.»

In Martins Ohren klang die Geschichte plausibel. Der Jogger hatte zwar nicht gesehen, mit wem sich Ulrich Clarenbach im Bad getroffen hatte, aber die Frau war um die fünfzig gewesen. Es musste sich einfach um Verena Zimmermann gehandelt haben.

«Sag mal, was ergab die Laboruntersuchung der Packschnur? In Verena Zimmermanns Keller?»

«Sie war lange nicht mehr benützt worden. Keine frischen Schnittspuren, ausser unseren.»

«Womit hat er dann den Riegel zugeschoben?»

«Das ist unklar.» Flüchtig dachte Martin an Rolf Odermatt und seinen Schlüssel, schob den Gedanken jedoch sofort beiseite. Der Jogger hatte eindeutig von einem Deutschen gesprochen. «Der Täter hat den Gegenstand mitgenommen. Und vermutlich sofort vernichtet.»

Veras Blick schweifte über die Fassade des Park-Hotels. «Welches Zimmer hatte dieser Clarenbach?»

«Ich weiss es nicht. Seit Stunden warte ich auf einen Anruf von Kay Gysin. Ich habe ihr von meinem Verdacht erzählt. Ich nehme an, sie überprüft Ulrich Clarenbach. Warum fragst du?»

«Ich kann mir nicht vorstellen, dass er einfach zurück ins Hotel spaziert ist, am helllichten Tag. Er musste davon ausgehen, dass er Blutspritzer an seiner Kleidung übersehen hatte, oder dass sonstige Spuren von seiner Tat zeugten. Ich jedenfalls würde alles unternehmen, um nicht gesehen zu werden. Auch, um später ein Alibi zu konstruieren.»

«Worauf willst du hinaus?»

«Es gibt doch diesen unterirdischen Gang. Könnte es nicht sein, dass er diesen benützt hat, um zurück ins Hotel zu gelangen? Das würde erklären, warum er das Buch in den Billardraum gelegt hat. Es wäre interessant zu wissen, wie lange man für den Weg vom Haus der Zimmermanns zum Park-Hotel braucht.»

«Paul Zimmermann betrat nach eigener Aussage sein Elternhaus um 17.10 Uhr. 20 Minuten später rief er die Polizei an. Das heisst, der Täter muss sich etwa zwischen 17.20 und 17.30 Uhr auf den Weg gemacht haben. Er brauchte schliesslich noch einige Minuten, um die Holzstatue zu waschen und Paul Zimmermann in die Hand zu drücken. Und den Siegelring», fügte er hinzu.

«Welchen Siegelring?»

«Paul Zimmermann hielt den Siegelring seines Vaters in der Faust. Vermutlich wollte der Täter damit den Verdacht erwecken, die Geschwister hätten sich um das Erbe gestritten.»

«Woher wusste er so viel über die Familienverhältnisse?»

«Ich nehme an von Verena Zimmermann. Was die These stützt, dass sie in Beziehung zueinander standen. Aber zurück zum Fluchtweg. Ich schätze, er brauchte dafür etwa eine Viertelstunde.»

«Nie», widersprach Vera. «Ein Mann auf der Flucht? Auch wenn er sich absichtlich langsam bewegt hätte, um nicht aufzufallen, mehr als zehn Minuten würde er nicht brauchen.»

«Es ist ziemlich weit vom Oberflecken zur Rehaklinik. Dann musste er noch durch all die Gänge. Ich tippe sogar eher auf zwanzig Minuten.»

Vera schüttelte den Kopf. «Bestimmt nicht.»

«Rechne doch mal nach …»

«Was hat das mit Rechnen zu tun?», ärgerte sich Vera. «Du mit deinen Zahlen! Manchmal reicht auch gesunder Menschenverstand!»

«Menschliche Wahrnehmungen sind unberechenbar, deshalb ist es sicherer, anhand der Geschwindigkeit und des Weges …»

Vera stand auf und schob ihren Stuhl zurück. «Ich schick dir eine SMS, wenn ich beim Haus der Zimmermanns starte. Du schaust auf die Uhr.»

Bevor Martin etwas entgegnen konnte, lief sie davon. Er rieb sich die Stirn. Wie waren sie vom eigentlichen Thema abgekommen und beim Zimmermann-Fall gelandet? Er hatte nur von seinen Zweifeln betreffend Valentin Feurer berichten wollen. Wie der Lack in den Zylinder gekommen war, hatte Kay Gysin immer noch nicht erklärt. Auf einmal hatte Martin genug. Gutmütig wartete er auf einen Anruf, der mit grosser Wahrscheinlichkeit nie kommen würde. Kay Gysin hatte nur ein Interesse: ihren Mann zu schützen. Während Martin untätig herumsass, von Gewissensbissen geplagt, weil er Kay Gysin nicht in Schwierigkeiten bringen wollte, führte ihr Mann ein Verfahren, in das er vermutlich selbst verwickelt war.

Er griff nach seinem Handy, um den längst fälligen Anruf zu erledigen. Eine SMS von Vera verkündete, dass sie in diesem Moment loslief. Martin schaute auf die Uhr, obwohl er sich nicht viel von Veras Versuch versprach. Woher wollte sie wissen, wie rasch Ulrich Clarenbach unterwegs gewesen war? Möglicherweise hatte er sich sogar irgendwo verstecken müssen, weil ihm jemand entgegengekommen war.

Mit einem mulmigen Gefühl suchte Martin die Nummer von Kay Gysins Vorgesetztem. Bevor er sie wählen konnte, sah er eine vertraute Gestalt auf der Terrasse. Er stand auf und hob die Hand. Als Kay Gysin ihn erkannte, setzte sie sich in Bewegung. Ihr Haar hatte sich aus dem Zopf gelöst, aus dieser Distanz sah es aus wie eine wehende Fahne. Wieder tauchte in Martins Phantasie das Bild von Kay Gysin auf dem Rücken liegend auf, von seidigen Strähnen umgeben wie eine Sonne von Strahlen. Er ballte die Hände zu Fäusten und steckte sie in die Hosentaschen.

«Man hat mir gesagt, du seist noch nicht abgefahren», begrüsste sie ihn kühl.

Martin sagte nichts. Es war ihm nicht klar, ob sie auf ihn wütend war, oder ob sie lediglich versuchte zu funktionieren.

«Ich habe einige Informationen, die dich interessieren werden.»

Martin deutete auf einen Korbsessel, doch sie blieb stehen.

«Rolf Odermatts Schlüssel wurde seit Jahren nicht mehr benützt. Er scheint die Wahrheit gesagt zu haben. Ich denke, wir können ihn im Moment vergessen. Die Spur mit dem Deusser-Bild hingegen», sie schluckte hörbar, «ist vielversprechend.» Sie erzählte, dass sie den Zwischenhändler persönlich gesprochen habe. Er sei ein gewöhnlicher Verbrecher, der eigentlich nichts mit Kunst am Hut habe. Doch er habe den Auftrag, das Bild zu verkaufen, von jemandem erhalten, dem er einen Gefallen schuldete. Ausserdem sei dabei einiges für ihn herausgesprungen.

Martin ahnte es, bevor Kay Gysin die Worte aussprach. «Deinem Mann?», fragte er behutsam.

Sie nickte, unfähig, weiterzusprechen. Es verstrichen einige Minuten, bis sie sich wieder gefasst hatte. Mit monotoner Stimme berichtete sie. «Verena Zimmermann hatte Valentin im Vertrauen gefragt, wie sie das Bild verkaufen könne. Sie wusste, dass er ein Kunstnarr ist. Offensichtlich kannte sie auch seine Schwächen. Warum, weiss ich nicht. Vielleicht war es dieses Gespür für Menschen, von dem so viele sprechen, wenn sie Verena Zimmermann beschreiben. Vielleicht wusste sie auch nur von seinen Schulden.» Kay Gysin wandte sich ab. «Offenbar hatte Valentin einem Werk von Amiet nicht widerstehen können, als es vor einem halben Jahr auf den Markt kam, obwohl es sein Budget sprengte. Da Valentin seine Kunstsammlung aus seinen privaten Ersparnissen finanzierte, wusste ich nicht, wieviel er dafür ausgegeben hatte. Er musste ... sogar Mias Konto plündern.» Sie drehte sich wieder zu Martin. «Als Verena Zimmermann ihn um Hilfe bat, sah er seine Chance. Als Bezirksamtmann kennt er einige dubiose Gestalten. Es war kein Problem, jemanden zu finden, der in seinem Auftrag das Deusser-Bild auf den Markt brachte. Valentin wies den Typ an, sich an Ulrich Clarenbach zu wenden, den er vom Kauf des Amiet-Bildes her kannte. Das Geschäft kam zustande. Allerdings wusste Verena Zimmermann nicht, dass Valentin 250 000 Franken für das Werk kassiert hatte.» Kay Gysin sah Martin in die Augen. «10 000 Franken bekam der Zwischenhändler. Valentin selbst behielt 90 000 Franken. Verena Zimmermann schliesslich erhielt 150 000 Franken.»

«Der Kratzer am Porsche?», fragte Martin.

«Verena Zimmermann hatte Valentin ihren Schlüssel gegeben, damit er das Bild holen konnte. Als er es ins Auto laden wollte, fiel es ihm beinahe aus den Händen. Beim Versuch, es aufzufangen, stiess er mit dem Schlüssel gegen den Wagen.»

Kay Gysin senkte den Blick. Die Kälte war aus ihrem Ausdruck gewichen, Martin sah nur noch Schmerz in ihren Augen. Sie erklärte, dass ihr Mann gestanden und den Fall Zimmermann abgegeben hatte. Wie seine Zukunft aussah, war ungewiss. Martin wollte Kay Gysins Hand nehmen, ihr versichern, dass ihre Familie einen Weg aus der Krise finden würde, doch dazu stand er ihr nicht nahe genug. Abgesehen davon wären seine Worte kein wirklicher Trost gewesen. Von einem Tag auf den andern war sie stark verschuldet, ihr Mann möglicherweise arbeitslos. Ob die Ehe dies überstehen würde, war fraglich.

«Wo sind die 150 000 Franken, die Verena Zimmermann für das Bild erhalten hat?», fragte er schliesslich.

Kay Gysin straffte die Schultern. «Vermutlich beim Mörder. Denn eines weiss ich mit Sicherheit: Damit hatte Valentin nichts zu tun.»

Martin versuchte, ihr zu glauben. Dass der Bezirksamtmann Paul Zimmermann für schuldig gehalten hatte, lag möglicherweise daran, dass er die Ermittlungen rasch beenden wollte. Je schneller der Mörder gefasst war, desto kleiner die Wahrscheinlichkeit, dass sein Betrug aufflog. Vermutlich hatte Valentin Feurer einfach gesehen, was er sehen wollte. Eine leise Stimme in seinem Unterbewusstsein flüsterte Martin aber zu, dass 150 000 Franken viel

Geld für einen verschuldeten Familienvater bedeuteten. Er hatte schon in Fällen Spuren gesichert, in denen für weniger getötet worden war.

«Nein», sagte Kay Gysin bestimmt. «Ich sehe, was du denkst. Valentin war es nicht! Mein Mann ist kein Mörder!»

«Wofür hat Verena Zimmermann das Geld gebraucht?», wechselte Martin das Thema.

«Das wüsste ich auch gerne», sagte Kay Gysin erschöpft. Sie liess sich endlich in einen Sessel fallen, den Kopf in den Nacken gelegt. Ihr Blick fiel auf Veras Bierglas, das halbvoll auf dem Beistelltisch stand.

Martin sah auf die Uhr. Seit Veras SMS waren 25 Minuten vergangen. Wo steckte sie bloss? Er erzählte Kay Gysin von ihrem Versuch, die Zeit zwischen Tatort und Hotel zu messen. Als er Ulrich Clarenbach erwähnte, schüttelte Kay Gysin den Kopf.

«Ulrich Clarenbach war zur Tatzeit in Deutschland. Sein Alibi ist wasserdicht.»

11.

Vera kam nicht zurück. Als Martin sie anrief, schaltete sich sofort die Combox ein. Nach einer weiteren Viertelstunde stand er nervös auf und entschuldigte sich. Vera besass ein Talent dafür, in brenzlige Situationen zu geraten. Sie zog Gefahren an wie Zwetschgen Fruchtfliegen. Nicht, dass sie Abenteuer suchte. Irgendwie landete sie einfach mitten drin. Vielleicht lag es an ihrer unstillbaren Neugier oder an ihrer Unfähigkeit, sich im entscheidenden Moment zurückzuhalten. Keinen Augenblick zweifelte Martin daran, dass ihr etwas zugestossen war.

Kay Gysin verstand nicht, warum er gleich das Schlimmste befürchtete. Sie zählte mehrere Gründe auf, die Veras Verspätung erklären würden: dass sie eine Toilette aufgesucht hatte, unterwegs etwas getrunken hatte, jemandem begegnet war. Vor allem Letzteres machte Martin Sorgen.

«Ich komme mit», sagte Kay Gysin, als Martin davon eilte.

Er antwortete nicht. In Gedanken schritt er bereits die verschiedenen Wege ab, die Vera eingeschlagen haben könnte. War sie von der Hauptstrasse in die Schlüsselstrasse und quer über den Parkplatz zur Quellenstrasse gelaufen? Oder hatte sie den Weg durch den Kurpark gewählt, um von der Badstrasse zur Rehaklinik zu gelangen? Er tippte auf die Schlüsselstrasse, da diese unauffälliger war. Wenn der Täter nach dem Mord tatsächlich ins Park-Hotel zurückgekehrt war, so hätte er darauf geachtet, so wenigen Menschen wie möglich zu begegnen.

«Hier entlang», sagte Kay Gysin, auf einen schmalen Pfad deutend, der zum Garten der Zimmermanns führte. «Der Täter startete vermutlich im Garten, wenn er das Haus tatsächlich durch die Kellertür verliess.»

«Gibt es einen Weg quer durch die Gärten hindurch?»

«Nur, wenn man über Gebüsche steigt und durch Blumen- und Gemüsebeete geht. Aber da der Täter nicht auffallen wollte, gehe ich davon aus, dass er die Strasse gewählt hat.»

Sie teilte Martins Ansicht, dass die Schlüsselstrasse am sinnvollsten sei. In der Nähe des Parkplatzes, auf dem die Badegäste ihre Autos abstellten, würde ein Unbekannter kein Aufsehen erregen. Täglich waren dort neue Gesichter zu sehen, niemand gab sich die Mühe, sie sich zu merken.

«Hatte Vera etwas dabei?», fragte Kay Gysin. «Etwas, das ihr vielleicht heruntergefallen sein könnte? Was hat sie an?»

Martin versuchte, sich daran zu erinnern. Beschämt stellte er fest, dass er nicht darauf geachtet hatte. Da sie von der Arbeit gekommen war, nahm er an, dass sie lange Hosen und eine kurzärmlige Bluse trug. Als Regionalpolizistin waren ihre Aufgaben vielfältig; sie musste immer damit rechnen, plötzlich handeln zu müssen. Deshalb trug sie keine Röcke. Kurze Hosen kamen sowieso nicht in Frage. Eine Uniform war nur im Spätdienst Vorschrift.

«Vermutlich eine Bluse mit kurzen Ärmeln», antwortete er. «Und Knöpfen vorne.»

Kay Gysin lächelte schwach. «Handtasche?»

«Bestimmt.»

«Wie sah sie aus?»

«Aufgeregt, würde ich sagen.»

«Die Handtasche!»

Martin grübelte. Sie waren beim Eingang der Rehaklinik angekommen. Die gläserne Schiebetür öffnete und schloss sich, während Martin versuchte, das Bild von Vera heraufzubeschwören, wie sie ihm vor zwei Stunden vor dem Hotel entgegengekommen war. Er spürte ihren Kuss, die Erleichterung, die ihn dabei durchflutet hatte. Irgendetwas Hartes hatte dabei seine Nase gestreift.

«Ich glaube, sie trägt eine Sonnebrille», murmelte er verlegen. «In die Stirn geschoben.»

«Hast du ein Foto von ihr dabei?»

Martin schüttelte den Kopf. Er hatte nie zur Sorte Männer gehört, die ein Foto ihrer Freundin in der Brieftasche mit sich herumtrugen. Wenn nötig, konnte er seinen PC holen und einige Bilder ausdrucken. Plötzlich kam ihm ein Gedanke.

«Sie muss unten sein!», rief er. «Ich nehme an, dort gibt es keinen Handyempfang, oder?»

«Kaum. Die Mauern sind zu dick.»

«Sie hat ihr Handy bestimmt nicht ausgeschaltet. Warum auch? Sie wollte mit mir in Kontakt bleiben. Also heisst das, sie hat keinen Empfang, wo immer sie ist.» Erneut versuchte Martin, Vera anzurufen. Wieder meldete sich die Combox.

In der Rehaklinik selbst gab es nicht viele Möglichkeiten, um ins Untergeschoss zu gelangen. Als Martin zum modernen Fitnesscenter kam, fragte er einen Instruktor, ob kürzlich eine Frau vorbeigegangen war.

«Vermutlich ziemlich zielstrebig», erklärte Martin.

«Ja, aber das ist schon fast eine Stunde her, schätze ich. Sie fiel mir nur auf, weil sie es so eilig hatte.»

Martin lief los. Die Gänge kamen ihm endlos lang vor. Links und rechts tauchten immer wieder neue Türen auf, die meisten davon waren verschlossen. In einem Teil des Gebäudes hatte sich die Schulthess-Klinik eingemietet, doch dort befand sich Vera nicht. Als sie beim Solebad ankamen, stützte Kay Gysin die Hände in die Hüften. Spiegelglatt lag das Wasser vor ihnen. Die Liegestühle waren leer, bis auf ein Badetuch, das ein Gast vergessen hatte. Martin durchkämmte die Garderobe, warf einen Blick in die Toiletten, während Kay Gysin in den Duschen suchte. Der Geruch von Desinfektionsmittel lag in der Luft. Ausser einem fernen Surren hörte Martin keinen Ton.

Plötzlich schien die Welt um ihn herum zu explodieren. Er fuhr zusammen, vom schrillen Lärm überfordert. Seine Sinne schalteten auf Alarm, doch sein Verstand lieferte ihm die Ursache nicht. Er widerstand dem Impuls, sich mit beiden Händen die Ohren zuzuhalten und sich zu ducken. So rasch, wie das Geräusch aufgetreten war, so rasch verstummte es wieder.

«Sorry», sagte Kay Gysin, einen Fön in der Hand.

Schwer atmend starrte Martin sie an. Sein Blick verengte sich, als trete er in einen Tunnel ein. Vor seinen Augen schien sich der Fön in eine Pistole zu verwandeln. Langsam verzogen sich Kay Gysins weiche Lippen zu einer Grimasse. In Gedanken hörte Martin, wie sie kühl vom Betrug ihres Mannes berichtet hatte. Hatte sie wirklich nichts davon gewusst? Sie leitete die polizeilichen Ermittlungen, hatte Zugang zu allen Informationsquellen. Wie einfach wäre es für sie gewesen, Beweise zu manipulieren, ihn mit Halbwahrheiten abzuspeisen. Vielleicht hatte sie ihn sogar um das Gutachten gebeten, weil sie wusste, dass sie einen Fremden leichter täuschen konnte. Sie liebte ihren Mann. Wie weit würde sie für ihn gehen?

«Martin?», stiess Kay Gysin aus. «Was hast du?»

Er blinzelte, und auf einmal war ihr Gesichtsausdruck wieder normal. Ihre Augen waren gross und rund vor Erstaunen oder Sorge, die Hand mit dem Fön baumelte an ihrer Seite.

«Nichts», versicherte er rasch, unsicher, ob ihm seine Sinne einen Streich gespielt hatten oder ob ihn sein Unterbewusstsein auf etwas hinweisen wollte.

«Du hast mich angesehen, als wäre ich ein Gespenst!»

Martin versuchte zu lachen. «Tut mir leid.»

Sie legte den Fön zurück und trat einen Schritt auf ihn zu. «Dein Tonfall gefällt mir nicht. Was ist mit dir los?»

Als er schwieg, begriff sie. Ausdruckslos starrte sie ihn an. Martin traute sich kaum zu atmen. Die feuchte Luft drückte auf seine Lungen, und er spürte, wie ein Schweisstropfen seinen Nacken hinunterrann.

«Ich kann es dir nicht verübeln», sagte sie schliesslich. «Aber ich denke, jetzt sollten wir uns auf Vera konzentrieren.»

Sie drehte sich abrupt um, so dass ihr Haar hin und her wogte. Martin folgte ihr aus dem Solebad, verwirrt und verunsichert. Vor rund einem Jahr hatte ihm Vera eines Abends gestanden, sie habe Angst, irgendwann keine Freunde mehr zu haben. Je länger sie als Polizistin arbeite, desto weniger traue sie den Menschen. Sie fürchtete, sie würde irgendwann ihrer eigenen Mutter nicht mehr glauben. Als Kriminaltechniker war Martin bislang von dieser grundsätzlichen Skepsis Menschen gegenüber verschont geblieben. Vielleicht holten ihn jetzt all die Lügen ein, die er aus zweiter Hand mitbekommen hatte, als er Tatorte gesichert und Spuren ausgewertet hatte.

«Der Billardraum ist zu!», rief Kay Gysin aus dem Fitnessraum.

Martin eilte durch den Gang. Tatsächlich war die schwere Luftschutztür verschlossen. Kurz überlegte er, jemanden an der Réception zu bitten, sie zu öffnen, dann griff er selbst zum Riegel. Die Tür klemmte ein wenig, also zog er heftiger. Plötzlich gab sie nach. Martin wich aus, merkte aber nicht, dass Kay Gysin hinter ihm stand. Sie fing seinen Schwung mit erstaunlich kräftigen Armen ab.

Bevor er sich entschuldigen konnte, rannte Vera aus dem Billardraum. Ein kurzer Blick genügte, um zu sehen, dass sie unverletzt war.

«Martin! Gott sei Dank! Warum hat das so lange gedauert! Er wird längst über alle Berge sein!»

«Wer?», stiess Martin aus.

«Dieser Deutsche! Clarenbach!», erklärte sie, ungeduldig von einem Fuss auf den andern tretend.

«Bist du sicher?», fragte Martin. «Ulrich Clarenbach hat dich in den Billardraum eingesperrt?»

«Ja!» Erst jetzt bemerkte sie Kay Gysin. Etwas ruhiger fuhr sie fort: «Als ich von der Rehaklinik kam, nahm ich eine Bewegung in der Garderobe des Solebades wahr. Ich ging hinein, um nachzuschauen. Dort traf ich auf diesen Clarenbach. Er lächelte mir freundlich zu und verliess die Garderobe. Da er weder einen Bademantel trug noch eine Tasche bei sich hatte, nahm ich an, dass er nicht hier war, um zu baden. Also folgte ich ihm. Entweder hatte er sich dort versteckt, weil er mich hatte kommen hören, oder er führte sonst etwas im Schilde. Als er im Billardraum verschwand, spähte ich hinein. Ich sah gerade noch, wie er etwas in eines der Löcher stopfte. Natürlich weckte das erst recht meine Neugier.» Sie verzog das Gesicht. «Bevor ich wusste, was geschah, schloss er die Tür.»

«Was hat er versteckt?», wollte Kay Gysin wissen.

Vera hielt ein dünnes Stoffband hoch. Das Blumenmuster kam Martin bekannt vor, doch er hätte nicht sagen können, wo er es gesehen hatte. Gehörte es zu einem Vorhang? Während er grübelte, verdrehte Vera die Augen.

«Das ist ein Gürtel!»

«In Verena Zimmermanns Schrank hängt ein Rock aus demselben Stoff», sagte Kay Gysin.

Vera nickte aufgeregt. «Ich glaube, damit hat der Täter den Riegel zugezogen.»

«Und du bist sicher, dass es Ulrich Clarenbach war?», fragte Kay Gysin.

«Ja, ich habe ihn deutlich gehört.»

Sie waren im Erdgeschoss angekommen, wo Kay Gysin ihr Handy hervorholte und sich einige Schritte von ihnen entfernte. Während sie Anweisungen durchgab, betrachtete Martin Vera. Ihre grünen Augen glitzerten vor Aufregung, als jage sie Verbrecher zum Vergnügen. Ob sie realisierte, dass es ihr genau so hätte ergehen können wie Verena Zimmermann?

Martin nahm ihre Hand.

Bevor er etwas sagen konnte, hob sie einen Finger. «Wenn du glaubst, dass ich jetzt einfach nach Thalwil zurückfahre, ohne zu wissen, wie die Geschichte ausgeht, täuschst du dich.»

«Ich habe einen Bärenhunger», sagte Martin. «Was hältst du davon, wenn wir etwas essen, bevor wir zurückfahren?»

«Gute Idee», erwiderte Vera. «Der Kühlschrank ist ziemlich leer. Wollen wir es noch einmal in der ‹Waag› versuchen? Ich weiss immer noch nicht, was ‹Zurzi-Gschlabber› ist.»

Martin war es zwar etwas peinlich, dorthin zurückzukehren, doch das Essen war es wert. Als er Kay Gysin beobachtete, wie sie mit dem Handy am Ohr das Hotel verliess, fragte er sich, ob das Familienessen in der ‹Waag› ihre letzte schöne gemeinsame Erinnerung sein würde. Er wollte sich von ihr verabschieden, doch sie schaute nicht zurück.

Vera war in Gedanken immer noch bei Ulrich Clarenbach. «Ich frage mich, warum er zurückgekehrt ist. Glaubst du, er hat den Stoffgürtel liegenlassen? Und kam, um ihn zu holen?»

«Er hat ihn eher versteckt», sagte Martin. «Oder gar verloren.»

«Das macht Sinn. Irgendwie muss er erfahren haben, dass Paul Zimmermann nicht mehr zu den Hauptverdächtigen gehörte. Das muss ihm Angst eingejagt haben. Er wusste, dass die Polizei die Suche nach dem Täter ausweiten würde. Was, wenn jemand den Gürtel fand? Das wäre ein klarer Hinweis, dass der Täter im Park-Hotel wohnte. Also kam er zurück und wollte ihn entsorgen.» Sie schüttelte den Kopf. «Nein, er muss ihn verloren haben. Du hast gesagt, Clarenbach sei schon seit einigen Tagen hier. Wenn er gewusst hätte, wo der Gürtel ist, hätte er ihn sofort entsorgt und wäre wieder verduftet. Vermutlich fiel er herunter, als Clarenbach vom Tatort flüchtete.»

«Ulrich Clarenbach hat ein Alibi», entgegnete Martin. «Laut Kay sogar ein wasserdichtes.»

Vera zuckte mit den Schultern. «Dann hat eben jemand gelogen. Es wäre nicht das erste Mal.»

Gerne hätte Martin mehr über das Alibi gewusst, doch Kay Gysin hatte im Moment andere Sorgen, als seine Neugier zu stillen. Langsam schlenderten Vera und er durch den Kurpark, vorbei an einer Gruppe Jugendlicher, die mit Getränken in der Hand beisammen standen und laut diskutierten. Auf der Wiese packte eine Familie die Reste eines Picknicks ein. Der Vater nahm seinen Sohn auf die Schultern, gemeinsam mit seiner Frau schlenderte er davon.

Als Martin ihnen nachschaute, nahm Vera seine Hand. «So viele Frauen wünschen sich Kinder. Ich bin sicher, dass du eine finden wirst.»

«In meinem Alter haben alle schon Kinder.»

«Dann suchst du dir eben eine jüngere. Frauen lieben reife Männer.»

Martin warf ihr einen kritischen Blick zu.

«Okay, die meisten Frauen. Ich gehöre vielleicht nicht dazu.»

«Hast du etwas von David gehört?» Endlich schaffte es Martin, den Arbeitskollegen anzusprechen, mit dem Vera eine Affäre gehabt hatte.

Vera schüttelte den Kopf. «Da war nichts, das habe ich dir schon hundertmal erklärt.»

«Aber vielleicht wird jetzt etwas daraus, wenn du frei bist.»

«Nicht mit David.»

«Sondern?»

«Mit niemandem! Im Moment jedenfalls nicht. Ich will einfach meine Freiheit geniessen.» Sie liess Martins Hand los. «Schau, ein Reiher.»

Martin beobachtete den Vogel, der mühelos über ihnen schwebte. Vera breitete die Arme aus, als wollte sie ebenfalls fliegen. Ein Gefühl von Einsamkeit überkam ihn. Er dachte an Verena Zimmermann, die vermutlich geglaubt hatte, mit Ulrich Clarenbach endlich den Mann gefunden zu haben, mit dem sie nicht nur ihre Interessen, sondern auch ihre Gefühle teilen konnte. Hatte der Kunsthändler ihr etwas vorgemacht, weil er an ihrem Vermögen interessiert gewesen war? Oder hoffte er, sie besitze weitere Kunstwerke, von denen die Welt nichts wusste? Was war schief gelaufen? War er möglicherweise verheiratet? Dazu hatte Kay Gysin nichts gesagt.

Martins Gedanken schweiften zur Polizistin ab. Seltsamerweise tröstete es ihn, dass sie nicht ganz alleine sein würde. Sie hatte Mia. Immer wieder hatte sich Martin vorgestellt, wie es wäre, eine Tochter oder einen Sohn zu haben. Das Band zwischen Eltern und Kind hielt ein Leben lang, egal, wie das Verhältnis war. Seine eigenen Eltern besuchte er nur zwei- oder dreimal im Jahr, aber es genügte zu wissen, dass sie da waren. Sollten sie je Hilfe brauchen, wäre er sofort zur Stelle. Auch Vera hatte eine gute Beziehung zu ihren Eltern, deshalb wunderte es ihn, dass sie sich nicht auch Kinder wünschte.

Ein vertrautes Klingeln riss ihn aus seinen Gedanken. Als er das Handy aus der Hosentasche klaubte, merkte er, dass Vera weitergegangen war. Fragend blickte sie zu ihm zurück.

«Komm sofort zur Kantonspolizei», sagte Kay Gysin am anderen Ende. «Und bring Vera mit.»

Bevor Martin fragen konnte, was geschehen war, legte sie auf. Einen Moment lang starrte Martin auf das Display, als könnte es eine Erklärung für Kay Gysins Worte liefern. Die Dringlichkeit in ihrer Stimme hatte die entspannte Stimmung im Park verdrängt. Als Martin Vera die Aufforderung weiterleitete, zuckte sie nur mit den Schultern.

«Vielleicht will sie meine Aussage aufnehmen, bevor wir abreisen», mutmasste sie.

Martin schüttelte den Kopf. «Es klang dringend.»

«Wenn du mich fragst, ist sie es sich einfach gewohnt, dass sich alle nach ihr richten», meinte Vera.

Täuschte sich Martin, oder hörte er einen bissigen Unterton? Dass Vera auf Kay Gysin eifersüchtig war, freute ihn. Er bedeutete ihr also trotz allem noch etwas.

Kay Gysin würdigte Martin keines Blickes. Mit einer Kopfbewegung forderte sie Vera auf, ihr in ein Büro zu folgen. Perplex schaute Martin den beiden Frauen nach. Zwei Minuten später ging die Tür auf, und Kay Gysin kam mit Ulrich Clarenbach heraus. Sie entschuldigte sich für das Missverständnis und begleitete den sichtlich verärgerten Kunsthändler zur Tür.

Martin trat ins Büro, wo Vera mit hochrotem Kopf auf einem Stuhl sass. Bevor er fragen konnte, was geschehen war, kam Kay Gysin zurück, die Tür hinter sich zuknallend.

«Es tut mir leid», begann Vera. «Ich dachte wirklich, es sei Ulrich Clarenbach gewesen.»

Kay Gysin starrte sie wortlos an. Kerzengerade stand sie vor Vera, die unruhig auf ihrem Stuhl hin- und herrutschte.

«Und warum, wenn ich fragen darf?» Kay Gysins Stimme war eisig.

«Vielleicht lügt er?», schlug Vera vor.

«Ulrich Clarenbach sass mit Gustav Brem in einem Landgasthof und ass Kalbsleber, als du in den Billardraum gesperrt wurdest.»

«Bist du sicher?»

Kay Gysin verschränkte die Arme.

Plötzlich wurde es Vera zu viel. «Ist ja gut! Ich habe einen Fehler gemacht! In Zürich sind wir um jeden Hinweis froh; wir versuchen nicht, Zeugen einzuschüchtern.»

Martin stellte sich zwischen Kay Gysin und Vera. Er ging in die Hocke, eine Hand auf Veras Knie, und bat sie, noch einmal zu schildern, was im Untergeschoss des Park-Hotels geschehen war. Als sie zur Stelle kam, an der sie dem Mann begegnete, den sie für Clarenbach gehalten hatte, hob Martin die Hand.

«Was genau hat er gesagt?»

Vera schloss die Augen. Einen Moment später sagte sie: «Etwas wie ‹die Dame›.»

«Die Dame?», wiederholte Martin.

«Du weisst schon, so eine Höflichkeitsfloskel, die Deutsche eben benützen.»

«Er war Deutscher?», fragte Kay Gysin.

«Ja!» Vera sah zu Martin. «Du hast doch gesagt, der Jogger habe Verena Zimmermann im Solebad mit einem Deutschen gesehen.»

«Ich vermute nur, dass es Verena Zimmermann war», korrigierte Martin.

Kay Gysin verliess den Raum. Martin schaute ihr nach. Er ärgerte sich, dass sie ihn einmal wie einen Arbeitskollegen, im nächsten Moment wie eine zivile Auskunftsperson behandelte. Gerade als er beschloss, den Polizeiposten mit Vera zu verlassen, kam sie zurück. In der Hand hielt sie den Ausdruck eines Fotos.

«Ist er das?», fragte sie.

«Ja!», rief Vera überrascht. «Das ist er!»

Kay Gysin nickte langsam, als mache plötzlich alles Sinn.

«Wer ist es?», fragte Martin ungeduldig, weil seine Sicht auf das Bild versperrt war.

Kay Gysin sah ihn an. «Günther Kowarsch.»

12.

Trotz der späten Stunde waren die Tische im Hof der ‹Waag› bis auf den letzten Platz besetzt. Obwohl sie lieber die Sommernacht im Freien genossen hätten, setzten sich Martin und Vera ins Innere des Restaurants. Martin starrte auf die Speisekarte, ohne sie richtig wahrzunehmen. Immer wieder gingen ihm die letzten Stunden durch den Kopf.

Günther Kowarsch war sofort losgefahren, nachdem er Vera in den Billardraum eingesperrt hatte. Seinen Koffer musste er bereits vorher gepackt haben, denn als er in seinem Maserati angehalten wurde, befand er sich kurz vor Neuenburg. Hätte Kowarsch einen weniger auffälligen Wagen gefahren, wäre die Fahndung vermutlich nicht so erfolgreich verlaufen, dachte Martin. Warum der Deutsche nicht nach Norden gefahren war, darüber konnte Kay Gysin nur Mutmassungen anstellen. Vielleicht hatte er befürchtet, dort würde man ihn als erstes suchen. Dass er innerhalb der Schweizer Grenzen geblieben war, erleichterte die Arbeit. Eine Verhaftung im Ausland hätte zusätzlichen Papierkram verursacht und die Auslieferung verzögert.

Martin war immer noch schockiert, wie leicht er sich hatte täuschen lassen. Keinen Augenblick hatte er Günther Kowarsch verdächtigt. Im Nachhinein erkannte er die Unstimmigkeiten, die er übersehen hatte. Beispielsweise war ihm jetzt klar, warum Günther Kowarsch nicht mit ihm und Kay Gysin im Park-Hotel essen wollte. Er hatte vermeiden wollen, dass jemand ihn wiedererkannte. Immer hatte er sich im Untergeschoss oder im Zimmer aufgehalten, nie an der Bar, auf der Terrasse oder im Pavillon. Doch viel mehr zu denken hätte ihnen Günther Kowarschs Behauptung geben sollen, er müsse regeln, wer sein beträchtliches Vermögen erben solle. Warum beschäftigte sich ein 46-Jähriger mit dem Tod? Mehrfach hatte er seine fragile Gesundheit erwähnt, sich über seine Endlichkeit Gedanken gemacht. Gleichzeitig hatte er behauptet, nur an Rheuma zu leiden. Eine andere Krankheit hatte er nie erwähnt. Da er einen teuren Wagen fuhr und von seinem luxuriösen Lebensstil erzählt hatte, zweifelte niemand daran, dass das Vermögen tatsächlich existierte.

«Versuchen wir es noch einmal mit dem Aprikosen-Poulet?», fragte Vera.

Martin stimmte zu.

Nachdem sie ihre Bestellungen aufgegeben hatten, legte Vera ihre Hand über die seine. «Es ist immer so. Im Nachhinein begreift man nicht, wie es möglich war, die Hinweise zu übersehen. Er war sehr geschickt! Ein geübter Schwindler. Mach dir keine Vorwürfe.»

Als Kay Gysin endlich gewusst hatte, wo sie suchen musste, gelang es ihr rasch, weitere Informationen auszugraben. Viermal war Günther Kowarsch bereits verheiratet gewesen. Immer hatten seine Partnerinnen die Scheidung eingereicht, bis auf seine letzte Frau, die tatsächlich verstorben war, genau wie er Martin erzählt hatte. Allerdings unter mysteriösen Umständen. Alle Frauen waren vermögend gewesen. Und alle älter als Günther Kowarsch. Martin malte sich aus, wie dieser zielsicher die einsamsten auswählte, jene, die nicht mehr daran glaubten, irgendwann einmal noch von einem Mann geliebt zu werden. Bei der Vorstellung, wie sich Kowarsch einschmeichelte, seinen Partnerinnen das Gefühl gab, etwas Besonderes zu sein, zog sich Martins Magen zusammen. Kowarsch hatte die Frauen verwöhnt, in ihnen die Hoffnung auf eine gemeinsame Zukunft geweckt, nur um sie dann bitter zu enttäuschen.

Der Kellner brachte zwei Teller mit kunstvoll angerichteten Speisen. Obwohl Martin Hunger verspürte, hatte er keinen Appetit mehr. Er schaute Vera zu, die die Augen verdrehte, als sie einen ersten Bissen Poulet schluckte.

«Himmlisch!», schwärmte sie. «Vergiss ihn für einen Moment. Geniess das Essen.»

«Es ist nicht Günther Kowarsch», erklärte Martin. «Es ist Verena Zimmermann.»

Vera legte die Gabel hin. «So lange sich Frauen auf Männer verlassen, um ihrem Leben einen Sinn zu geben, so lange wird es Heiratsschwindler geben. Verena Zimmermann hätte ihr Leben selbst in die Hand nehmen sollen.»

«Sie hat sich für vieles interessiert. Sie hat Konzerte und Ausstellungen besucht, Reisen unternommen. Sie hat sich in der Kirche engagiert, sich um ihren kranken Vater gekümmert. Aber Aktivitäten alleine lindern die Einsamkeit nicht.»

«Immerhin scheint sie Günther Kowarsch rechtzeitig durchschaut zu haben», sagte Vera. «Andere Frauen lassen sich über Jahre hinweg ausbeuten und wollen die Wahrheit nie sehen.»

Die Polizei hatte im Reserverad des Maserati die 150 000 Franken gefunden, die Verena Zimmermann für den Verkauf des Deusser-Bildes erhalten hatte. Wegen des Erbstreits hatte Verena Zimmermann keine Möglichkeit gehabt, vom Konto ihres Vaters Bargeld abzuheben. Als

Kowarsch sie um ein Darlehen bat, war sie auf die Idee gekommen, das Bild zu verkaufen. Ob es bei der Geldübergabe zu einem Streit gekommen war? Hatte Verena Zimmermann gespürt, dass Günther Kowarsch nur hinter ihrem Vermögen her war? Sich sogar geweigert, ihm das Geld zu geben? Wie hatte er sie überhaupt davon überzeugen könne, ihm das Geld zu leihen? Und wie musste sie sich gefühlt haben, als sie ihre Träume platzen sah? Martin schluckte. Die Einsamkeit der Frau erschütterte ihn mehr, als er es bisher hatte wahrhaben wollen. Dass Vera dachte, sie sei selbstverschuldet, ärgerte ihn. Doch er wusste, dass es sinnlos war, sie vom Gegenteil überzeugen zu wollen. Im Moment weckte die Aussicht auf das Leben als Single nur ein Gefühl von Freiheit in ihr.

Mit einem zufriedenen Seufzer lehnte sie sich zurück. Martin schaufelte Gemüse in sich hinein, ohne es zu geniessen. Als er fertig war, legte er die Serviette auf den Tisch. Der Kellner fragte, ob sie ein Dessert wünschten, doch Martin schüttelte den Kopf.

«Einen Espresso, bitte», sagt er.

«Ich nehme das ‹Zurzi-Gschlabber›», lächelte Vera.

Martin unterdrückte ein Gähnen, während er auf seinen Kaffee wartete. Ein Blick auf die Uhr zeigte ihm, dass es bereits halb zwölf war. Morgen früh musste er wieder zur Arbeit, genau wie Vera, der die Vorstellung einer kurzen Nacht jedoch nichts auszumachen schien.

«Als wir mit Günther Kowarsch zu Mittag gegessen haben, hat er etwas Seltsames gesagt», sinnierte Martin. «Kay hat ihn gefragt, warum er nach Bad Zurzach zurückgekommen sei. Er erklärte, er wolle das zu Ende bringen, was er angefangen habe. Er liess uns im Glauben, er rede von der St. Verena Stiftung. Dass er sie als Erbin einsetzen wolle. Jetzt sehe ich den Satz in einem ganz anderen Zusammenhang.» Als Martin vertraute Schritte hörte, hielt er inne. Er musste sich nicht umdrehen, um Kay Gysins Gang zu erkennen.

«Stör ich?», fragte sie.

«Natürlich nicht», antwortete Martin. «Möchtest du etwas trinken?»

Unter ihren Augen lagen dunkle Schatten, wie zwei Halbmonde. Als sie sich setzte, stützte sie die Ellenbogen auf den Tisch und faltete die Hände, um ihr Kinn darauf zu legen.

«Ich wollte mich von dir verabschieden», sagte sie zu Martin, ohne Vera zu beachten. «Und mich für deine Hilfe bedanken.»

«Ich war keine Hilfe», entgegnete Martin kopfschüttelnd. «Im Gegenteil. Ich bin auf Kowarschs Lügen hereingefallen. Weisst du schon etwas? Redet er?»

«Seine Geschichten sind haarsträubend. Er kann Wahrheit und Lüge vermutlich selbst nicht mehr unterscheiden. Aber es muss ihm klar gewesen sein, dass ihn der Stoffgürtel überführen würde. Deshalb ging er vermutlich das Risiko ein, nach Bad Zurzach zurückzukehren. Er hatte ihn verloren, als er vom Tatort flüchtete. Ein Hotelgast hob ihn auf und legte ihn auf ein Garderobekästchen, so viel wissen wir mit Sicherheit.»

«Er war ein Heiratsschwindler?», fragte Martin.

Kay Gysin nickte. «Der übelsten Sorte. Es erstaunt mich trotzdem, dass sich Verena Zimmermann von ihm täuschen liess. Es passt nicht zu ihr.»

«Er hat ihren wundesten Punkt getroffen.»

«Ja», sagte Kay Gysin schlicht.

«Wohnt er wirklich auf Sylt?»

«Er hat keinen festen Wohnsitz. Meistens zieht er bei seinen Opfern ein. Aufgewachsen ist er in Bayern als jüngstes von vier Geschwistern. Er beherrscht mehrere deutsche Akzente perfekt. Seine Geschichten variieren. Wenn er in eine Rolle schlüpft, so spielt er sie perfekt. Aggressiv ist er allerdings selten. Verena Zimmermann muss ihm sehr verärgert haben. Vermutlich ist er es sich nicht gewohnt, dass er etwas, was er will, nicht bekommt. Oder dass man ihn durchschaut.»

«Glaubst du, sie wollte ihn anzeigen?»

«Das werden wir wohl nie wissen. Ziemlich sicher aber wollte sie ihm das Geld nicht geben. Überhaupt frage ich mich, was für Geschichten er ihr aufgetischt hat. Ich möchte nicht mit dem Bezirksamtmann tauschen. Die Einvernahmen werden nicht leicht sein.»

Als sie den Bezirksamtmann erwähnte, sah Martin sie fragend an. Sie schüttelte kaum merklich den Kopf. Valentin Feurer war also definitiv vom Fall abgezogen, wenn nicht sogar suspendiert worden. Als Kay Gysin aufstand, gab Martin Vera ein Zeichen, dass er in Kürze zurückkäme.

Um diese Zeit hatte es kaum mehr Verkehr im Flecken. Der Mond hing tief am Himmel, als wäre er müde von der langen Nacht. Martin wünschte sich, er stünde am Rhein. Das Licht würde das Wasser silbern färben, die Ufer erhellen. Martin rieb sich die Augen. Die alten Häuserfassaden nahmen ihm jegliches Zeitgefühl. Es hätte ihn nicht erstaunt, das Geklapper von Pferdehufen zu hören, die Waren über den Berg ins Mittelland brachten. Als sein Blick auf das Haus der Zimmermanns fiel, fragte er sich, wie das Leben darin weitergehen würde.

«Ist Paul Zimmermann aus der Untersuchungshaft entlassen worden?»

«Ja», antwortete Kay Gysin leise.

Stille breitete sich zwischen ihnen aus. Martin wollte fragen, ob Valentin Feurer von Günther Kowarsch gewusst habe, doch er brachte die Worte nicht über die Lippen. Stattdessen ging er einen Schritt auf Kay Gysin zu und legte ihr vorsichtig eine Hand auf die Schulter. Er küsste sie auf beide Wangen, unsicher, ob er ihr damit zu nahe trat, und wünschte ihr alles Gute.

«Dir auch», erwiderte sie, ohne zurückzuweichen. «Überleg es dir mit dem Aargau. Es hat einige wunderschöne Flecken hier. Wenn du Tips brauchst, ruf mich an.»

Martins Herz machte einen Sprung. Er schalt sich einen Idioten, konnte sich ein Grinsen aber nicht verkneifen, als er Kay Gysin nachschaute.

Vera sass mit dem Löffel in der Hand vor einem hellbraunen Dessert. Als sie seinen Ausdruck sah, neigte sie den Kopf nachdenklich zur Seite. Ausnahmsweise sagte sie nichts. Sie wartete, bis er sich gesetzt hatte und hielt ihm den Löffel hin.

«Zurzi-Gschlabber?», fragte er, den Mund erwartungsvoll öffnend. Als sich die gebrannte Crème auf seiner Zunge verteilte, nickte er anerkennend. An die fremden Begriffe würde er sich gewöhnen müssen, aber sonst könnte er sich ein Leben im Aargau durchaus vorstellen.

Petra Ivanov, 1967, wurde in Zürich geboren und lebte während acht Jahren in den USA. Nach der Rückkehr in die Schweiz schloss sie die Mittelschule und die Dolmetscherschule ab. Sie war als Übersetzerin und Sprachlehrerin tätig. Heute arbeitet sie in der Erwachsenenbildung und als freie Journalistin für verschiedene Schweizer Zeitungen.
Von Petra Ivanov sind bereits erschienen: «Fremde Hände» (2005), «Tote Träume» (2006), «Kalte Schüsse» (2007), «Stille Lügen» (2008) und «Tiefe Narben» (2010); als Regio-Krimis «Angst, Haas und Glockenschlag» (2007) und «Angst, Haas und Seitensprung» (2009) sowie die Jugendbücher «Reset» (2009) und «Escape» (2010).

www.petraivanov.ch

Die Krimireihe von Petra Ivanov:

Fremde Hände	448 Seiten	978-3-85882-390-8
Tote Träume	400 Seiten	978-3-85882-425-7
Kalte Schüsse	408 Seiten	978-3-85882-456-1
Stille Lügen	352 Seiten	978-3-85882-481-3
Tiefe Narben	544 Seiten	978-3-85882-487-5

In der Reihe «Regio-Krimis»:

Angst, Haas und Glockenschlag	176 Seiten	978-3-85882-469-1
Angst, Haas und Seitensprung	174 Seiten	978-3-85882-501-8

In der Reihe Jugendromane:

Reset	240 Seiten	978-3-85882-513-1
Escape	280 Seiten	978-3-85882-527-8

Erhältlich im Buchhandel oder beim Appenzeller Verlag,
CH-9101 Herisau, www.appenzellerverlag.ch